Francesco Petrarca

De secreto conflictu curarum mearum (Secretum)

FRANCISCI PETRARCHAE

DE SECRETO CONFLICTU CURARUM MEARUM LIBER PRIMUS INCIPIT FELICITER

PROHEMIUM INCIPIT

Attonito michi quidem et sepissime cogitanti qualiter in hanc vitam intrassem, qualiter ve forem egressurus, contigit nuper ut non, sicut egros animos solet, somnus opprimeret, sed anxium atque pervigilem mulier quedam inenarrabilis etatis et luminis, formaque non satis ab hominibus intellecta, incertum quibus viis adiisse videretur. Virginem tamen et habitus nuntiabat et facies. Hec igitur me stupentem insuete lucis aspectum et adversus radios, quos oculorum suorum sol fundebat, non audentem oculos attollere, sic alloquitur: - Noli trepidare, neu te species nova perturbet. Errores tuos miserata, de longinquo tempestivum tibi auxilium latura descendi. Satis superque satis hactenus terram caligantibus oculis aspexisti; quos si usqueadeo mortalia ista permulcent, quid futurum speras si eos ad eterna sustuleris? His ego auditis, necdum pavore deposito, maroneum illud tremulo vix ore respondi:

o quam te memorem, virgo? namque haud tibi vultus

mortalis, nec vox hominem sonat.

- Illa ego sum - inquit - quam tu in Africa nostra curiosa quadam elegantia descripsisti; cui, non segnius quam Amphyon ille dirceus, in extremo quidem occidentis summoque Atlantis vertice habitationem clarissimam atque pulcerrimam mirabili artificio ac poeticis, ut proprie dicam, manibus erexisti. Age itaque, iam securus ausculta, neve illius presentem faciem perhorrescas, quam pridem tibi sat familiariter cognitam arguta circumlocutione testatus es. - Vixdum verba finierat, cum michi cunta versanti nichil aliud occurrebat quam Veritatem ipsam fore, que loqueretur. Illius enim me palatium atlanteis iugis descripsisse memineram; at quanam ex regione venisset ignorabam, nisi celitus tamen venire nequivisse certus eram. Itaque videndi avidus respicio, et ecce lumen ethereum acies humana non pertulit. Rursus igitur in terram oculos deicio; quod illa cognoscens, brevis spatii interveniente silentio, iterumque et iterum in verba prorumpens, minutis interrogatiunculis me quoque ut secum multa colloquerer coegit. Duplex hinc michi bonum provenisse cognovi: nam, et aliquantulum doctior factus sum, aliquantoque ex

3

ipsa conversatione securior spectare coram posse cepi vultum illum, qui nimio primum me splendore terruerat. Quem postquam sine trepidatione sustinui, dum mira dulcedine captus inhereo, circumspiciensque an quisquam secum afforet, an prorsus incomitata mee solitudinis abdita penetrasset, virum iuxta grandevum ac multa maiestate venerandum video.

Non fuit necesse nomen percuntari: religiosus aspectus, frons modesta, graves oculi, sobrius incessus, habitus afer sed romana facundia gloriosissimi patris Augustini quoddam satis apertum indicium referebant. Accedebat dulcior quidam maiorque quam nonnisi hominis affectus, qui me suspicari aliud non sinebat. Nec tamen ideo tacitus mansissem; iam interrogationis verba dictaveram, iamque in extremum oris limen vox egressura processerat, cum subito ex ore Veritatis dulcisonum illud michi nomen auditum est. Ad eum siquidem conversa, ac meditationem ipsius profundissimam interrumpens sic ait: - Care michi ex milibus Augustine; hunc tibi devotum nosti, nec te latet quam periculosa et longa egritudine tentus sit, que eo propinquior morti est quo eger ipse a proprii morbi cognitione remotior! Itaque nunc vite huius semianimis consulendum est, quod pietatis opus melius quam tu nullus hominum prestare potest. Nam et iste tui semper nominis amantissimus fuit; habet autem hoc omnis doctrina, quod multo facilius in auditorum animum ab amato preceptore transfunditur; et, nisi te presens forte felicitas miseriarum tuarum fecit immemorem, multa tu, dum corporeo carcere claudebaris, huic similia pertulisti. Quod cum ita sit, passionum expertarum curator optime, tametsi rerum omnium iocundissima sit taciturna meditatio, silentium tamen istud, ut sacra et michi singulariter accepta voce discutias oro, tentans si qua ope languores tam graves emollire queas. - Ad hec ille: - Tu michi dux, tu consultrix, tu domina, tu magistra: quid igitur me loqui iubes te presente? - Illa autem: - Aurem mortalis hominis humana vox feriat; hanc iste feret equanimius. Ut tamen quicquid ex te audiet ex me dictum putet, presens adero. - Parere - inquit - et languentis amor cogit et iubentis autoritas -; simul me benigne intuens paternoque refovens complexu, in secretiorem loci partem Veritate previa parumper adduxit; ibi tres pariter consedimus. Tum demum, illa de singulis in silentio iudicante, submotisque procul arbitris, ultro citroque sermo longior obortus, atque in diem tertium, materia protrahente, productus est. Ubi multa licet adversus seculi nostri mores, deque comunibus mortalium piaculis dicta sint, ut non tam michi quam toti humano generi fieri convitium videretur, ea tamen, quibus ipse notatus sum, memorie altius impressi. Hoc igitur tam familiare colloquium ne forte dilaberetur, dum scriptis mandare instituo, mensuram libelli huius implevi. Non quem annumerari allis operibus meis velim, aut unde gloriam petam (maiora quedam mens agitat) sed ut dulcedinem, quam semel ex collocutione percepi, quotiens libuerit ex lectione percipiam.

Tuque ideo, libelle, conventus hominum fugiens, mecum mansisse contentus eris, nominis proprii non immemor. Secretum enim meum es et diceris; michique in altioribus occupato, ut unumquodque in abdito dictum meministi, in abdito memorabis. Ego enim ne, ut ait Tullius, «inquam et inquit sepius interponerentur, atque ut coram res agi velut a presentibus videretur» collocutoris egregii measque sententias, non alio verborum ambitu, sed sola propriorum nominum prescriptione discrevi. Hunc nempe scribendi morem a Cicerone meo didici; at ipse prius a Platone didicerat. Ac ne longius vager, his ille me primum verbis aggressus est.

INCIPIT LIBER PRIMUS

Aug. Quid agis, homuncio? quid somnias? quid expectas? miseriarum ne tuarum sic prorsus oblitus es? An non te mortalem esse meministi ?

Fr. Memini equidem nec unquam sine horrore quodam cogitatio illa subit animum.

Aug. Utinam meminisses, ut dicis, et tibi consuluisses! etenim et multum michi negotii remisisses, cum sit profecto verissimum ad contemnendas vite huius illecebras componendumque inter tot mundi procellas animum nichil efficacius reperiri quam memoriam proprie miserie et meditationem mortis assiduam; modo non leviter, aut superficietenus serpat, sed in ossibus ipsis ac medullis insideat. At multum vereor ne in hac re, quod in multis animadverti, te ipse decipias.

Fr. Qualiter, queso? non enim clare intelligo que narras.

Aug. Atqui omnibus ex conditionibus vestris, o mortales, nullam magis admiror, nullam magis exhorreo, quam quod miseriis vestris ex industria favetis et impendens periculum dissimulatis agnoscere considerationemque illam, si ingeratur, excluditis.

Fr. Quo pacto?

Aug. Putas ne quempiam adeo delirare, ut morbo ancipiti correptus non summe cupiat sanitatem?

Fr. Neminem tam dementem arbitror.

Aug. Quid ergo? Putas ne quempiam fore tam pigri remissique animi ut non, quod tota mente desiderat, omni studio consectetur?

Fr. Ne istud quidem.

Aug. Si hec duo inter me teque conveniunt, tertium quoque conveniat necesse est.

Fr. Quod est tertium hoc?

Aug. Ut, sicut qui se miserum alta et fixa meditatione cognoverit cupiat esse non miser, et qui id optare ceperit sectetur, sic et qui id sectatus fuerit, possit etiam adipisci. Enimvero tertium huiusmodi sicut nonnisi ex secundi, sic secundum nonnisi ex primi defectu prepediri posse compertum est; ita primum illud ceu radix humane salutis subsistat oportet. Vos autem, insensati, tuque adeo ingeniosus in perniciem propriam, e pectoribus vestris salutiferam hanc radicem omnibus terrenarum blanditiarum laqueis, quod mirari me atque horrere dicebam, extirpare nitimini. Iure igitur et illius avulsione et reliquorum aversione plectimini.

Fr. Hec quidem, ut auguror, longior est querela egensque verborum plurium. Ea ergo, si libet, in tempus aliud dilata, cum certior ad sequentia proficiscar, aliquantisper in precedentibus immoremur.

Aug. Tarditati tue mos gerendus est, ubicunque igitur visum fuerit pedem fige.

Fr. Consequentiam istam ego non video.

Aug. Quid caliginis intervenit, quid ve nunc dubietatis aboritur?

Fr. Quoniam innumerabilia sunt, que ardenter optamus studioseque petimus, ad que tamen nullus labor nulla nos diligentia aut provexit aut provehet.

Aug. In rebus ceteris id verum esse non inficior, at in eo, quod nunc agitur, contra est.

Fr. Quam ob causam?

Aug. Quia qui miseriam suam cupit exuere, modo id vere pleneque cupiat, nequit a tali desiderio frustrari.

Fr. Pape, quid ego audio! Pauci admodum sunt, qui non multa sibi deesse provideant; quod quam verum sit, quisquis ad se ipsum fuerit conversus, intelliget; atqui in eo se se miseros fateantur consequens est. Siquidem et bonorum cumulatissimus acervus felices facit, et quicquid inde decesserit pro ea parte necesse est efficiat infelices. Hanc miserie sarcinam omnes quidem deponere voluisse, rarissimos autem potuisse, notissimum est. Quam multi enim sunt, quos vel corporis adversa valitudo, vel carorum mors, vel carcer, vel exilium, vel paupertas, perpetuis premit angoribus, aliaque huius generis, que sicut enumerare longum est, sic tolerare difficile atque miserrimum; que, quamvis sint patientibus permolesta, tamen, ut vides, abiecisse non licet. Dubitari igitur meo iudicio non potest quin multi quidem inviti nolentesque sint miseri.

Aug. Longius retro revocandus es et, quod usu evenit vagis tardioribusque iuvenculis, sepius a primis elementis dicendorum series retexenda est. Provectioris te quidem ingenii arbitrabar, nec putabam adhuc tam puerilibus admonitionibus indigere. Et profecto si illas philosophorum veras saluberrimasque sententias, quas mecum sepe relegisti, memorie commendasses; si, ut cum bona venia loqui sinas, tibi non aliis laborasses, et lectionem tot voluminum ad vite tue regulam, non ad ventosum vulgi plausum et inanem iactantiam traduxisses, tam insulsa et tam rudia ista non diceres.

Fr. Quid pares ignoro. Iam nunc tamen frontem meam rubor invasit, experiorque quod, pedagogis obiurgantibus, pueri solent. Ut enim illi, antequam admissi criminis nomen audiant, multa se deliquisse memorantes, prima castigatoris voce confunduntur; sic ego, ignorantie et errorum michi conscius multorum, etsi nondum intelligo quorsum tua pergat oratio, quia tamen nichil michi non obici posse presentio, ante finem sermonis erubui. Fare autem apertius, queso: quid hoc est, quod in me satis mordaciter arguisti?

Aug. Multa posthac; nunc unum illud indignor, quod fieri quenquam vel esse miserum suspicaris invitum.

Fr. Erubescere desii. Quid enim hoc vero verius excogitari potest? aut quis tam ignarus rerum humanarum tamque ab omni mortalium commercio segregatus est, qui non intelligat egestatem, dolores, ignominiam, denique morbos ac mortem aliaque huius generis, que putantur esse miserrima, invitis accidere plerunque, volentibus autem nunquam? Ex quo verum fit miseriam propriam et novisse et odisse facillimum, depulisse non ita; quod prima duo nostri arbitrii, tertium hoc sit in potestate fortune.

Aug. Erroris veniam verecundia merebatur; impudentie autem irascor gravius quam errori. Quomodo enim, amens, ille tibi philosophice sanctissimeque voces exciderunt: «neminem his, que paulo ante nominabas miserum fieri posse?» Nam si sola virtus animum felicitat quod et a Marco Tullio et a multis sepe validissimis rationibus demonstratum est, consequentissimum est ut nichil quoque nisi virtutis oppositum a felicitate dimoveat, quod quale sit, nisi prorsus obtorpuisti, me licet tacente recordaris.

Fr. Recordor equidem; ad stoicorum precepta me revocas, populorum opinionibus aversa et veritati propinquiora quam usui.

Aug. O te omnium infelicem, si ad veritatis inquisitionem per vulgi deliramenta contendis, aut cecis ducibus ad lucem te perventurum esse confidis. Calcatum publice callem fugias oportet et ad altiora suspirans paucissimorum signatum vestigiis iter arripias, ut poeticum illud audire merearis:

macte nova virtute puer: sic itur ad astra.

Fr. Utinam id michi contingere possit, antequam moriar! Sed perge, queso; neque enim prorsus depuduit, et stoicorum sententias publicis erroribus preferendas esse non dubito. Quid autem hinc persuadere velis, expecto.

Aug. Si hoc inter nos convenit: nisi vitio miserum non esse neque fieri, iam quid verbis opus est?

Fr. Quia multos vidisse michi videor, inter quos et me ipsum, nichil molestius ferentes quam quod vitiorum iugum non liceret excutere, quamvis ad id per omnem vitam summis viribus niterentur. Quam ob rem, stante licet stoicorum sententia, tolerari potest multos invitos ac dolentes optantesque contrarium esse miserrimos.

Aug. Aliquantulum evagati sumus, sed iam sensim ad primordia nostra revertimur, nisi forte unde discesseramus oblitus es.

Fr. Oblivisci ceperam, sed incipio recordari.

Aug. Id agere tecum institueram, ut ostenderem, ad evadendum huius nostre mortalitatis angustias ad tollendumque se se altius, primum veluti gradum obtinere meditationem mortis humaneque miserie; secundum vero desiderium vehemens studiumque surgendi; quibus exactis ad id, quo vestra suspirat intentio, ascensum facilem pollicebar; nisi tibi forte nunc etiam contrarium videatur.

Fr. Contrarium michi quidem videri dicere non ausim; ea namque de te ab adolescentia mea mecum crevit opinio ut, siquid aliter michi visum fuerit quam tibi, aberrasse me noverim.

Aug. Cessent, oro, blanditie. At quoniam non tam iudicio quam reverentia assensum dictis meis prebuisse te video, loquendi tibi, quicquid ex arbitrio tuo fuerit, libertas datur.

Fr. Trepidus quidem adhuc, sed licentia tua uti velim. Atque, ut de reliquis hominibus sileam testis est michi hec, que cuntis actibus meis semper interfuit testis, tu quoque, quotiens ad conditionis mee miseriam mortemque respexerim, quantisque cum lacrimis sordes meas diluere nisus sim; verum, id quod sine lacrimis narrare non possum, ut videtis hactenus frustra fuit. Hoc igitur unum est, quod me super ambigenda propositionis tue veritate solicitat, qua conaris astruere neminem nisi sponte sua in miseriam corruisse, neminem miserum esse, nisi qui velit; cuius rei contrarium in me tristis experior.

Aug. Vetus est hec et nunquam finem habitura querimonia. Atqui licet idem necquicquam sepe tentaverim, adhuc inculcare non desinam, nec fieri miserum nec esse qui nolit. Sed est ut dicere ceperam, in animis hominum perversa quedam et pestilens libido se ipsos fallendi, quo nichil potest esse funestius in vita. Si enim familiarium dolos iure pertimescitis, proptereaquod et fallentium autoritas remedium preripit cautele, et aures vestras assidue vox eorum blanda circumsonat, quorum utrunque in aliis cessare videatur; quanto magis proprias fraudes formidare deberetis, ubi et amor et autoritas et familiaritas ingens est, quod se quisque plus extimet quam valeat, plus diligat quam oporteat; nunquam preterea deceptus a deceptore separetur.

Fr. Sepe his verbis hodie usus es. At ego me ipsum nunquam, quod meminerim, fefelli. Utinam non me alii fefellissent!

Aug. Nunc te maxime fallis cum nunquam te ipsum fefellisse gloriaris. Nec tam tenuis tue indolis spes est michi quin, si animum acriter intenderis, per te ipsum videas neminem in miseriam nisi sponte corruere. Super hoc enim altercatio nostra fundata est. Dic enim, oro te - sed cogita priusquam respondeas, atque animum indue non contentionis sed veritatis avidum - dic michi: quem hominem putas peccasse coactum, cum velint sapientes peccatum esse voluntariam actionem, usque adeo ut si voluntas desit, desinat esse peccatum? Sine peccato autem nemo fit miser, quod michi iam superius concessisti.

Fr. Video me paulatim de proposito excidere, et fateri cogor, quod initium miserie mee ex proprio processit arbitrio; hoc in me sentio in aliisque conicio. Modo tu michi quoque verum fateare.

Aug. Quid me fateri postulas?

Fr. Ut sicut verum est neminem nisi sponte corruere, sic etiam illud verum sit: innumerabiles sponte prolapsos non sua tamen sponte iacere; quod de me ipso fidenter affirmem. Idque michi datum arbitror in penam ut, quia dum stare possem nolui, assurgere nequeam dum velim.

Aug. Quanquam haud prorsus delirantis opinio ista sit, postquam te tamen in primo errasse recognoscis, idem in secundo fatearis oportebit.

Fr. «Cadere» igitur et «iacere» unum atque idem esse diffinis?

Aug. Imo vero diversa; «voluisse» tamen et «velle», etsi in tempore differunt, in re ipsa inque animo volentis unum sunt.

Fr. Sentio quibus me nexibus involvas; nec tamen fortior luctator est qui arte sibi victoriam quesivit sed profecto versutior.

Aug. Coram Veritate loquimur, cui simplicitas omnis amica est, calliditas inimica; quod ut clare videas, cum quantalibet deinceps simplicitate procedamus.

Fr. Nichil possem audire iucundius. Dic ergo, quoniam de me ipso mentio fuerat, quanam michi ratione monstraveris hoc, quod miser sim - id enim me esse non inficior - nunc etiam mee voluntatis existere; cum ego contra sentiam nil me perpeti molestius, nil magis aversum proprie voluntati; sed ultra non valeo.

Aug. Modo conventa serventur ostendam aliis tibi verbis utendum fore.

Fr. Quenam conventa memoras, quibus ve ammones utendum verbis?

Aug. Conventa sunt, ut fallaciarum laqueis reiectis circa veritatis studium pura cum simplicitate versemur. Verba vero, quibus uti te velim, hec sunt: ut ubi «ultra te non posse» dixisti «ultra te nolle» fatearis.

Fr. Nunquam erit finis; nunquam enim hoc fatebor. Scio quidem, et tu testis es michi, quotiens volui nec potui; quot lacrimas fudi, nec profuerint.

Aug. Lacrimarum tibi testis sum multarum, voluntatis vero minime.

Fr. Proh superum fidem! hominem enim scire neminem puto, quid ego passus sim, quantumque voluerim, si licuisset, assurgere.

Aug. Sile! prius celum tellusque miscebitur, prius astra concident Averno, et amica nunc invicem elementa pugnabunt, quam hec que inter nos diiudicat falli queat.

Fr. Quid ais igitur?

Aug. Lacrimas tibi sepe conscientiam extorsisse, sed propositum non mutasse.

Fr. Quotiens dixi me ulterius nequivisse?

Aug. Quotiensque respondi, imo verius noluisse? Nec tamen admiror te in his nunc ambagibus obvolutum in quibus olim ego ipse iactatus, dum novam vite viam carpere meditarer. Capillum vulsi, frontem percussi digitosque contorsi; denique complosis genua manibus amplexus amarissimis suspiris celum aurasque complevi largisque gemitibus solum omne madefeci. Et tamen hec inter idem ille qui fueram mansi, donec alta tandem meditatio omnem miseriam meam ante oculos congessit. Itaque postquam plene volui, licet et potui, miraque et felicissima celeritate transformatus sum in alterum Augustinum, cuius historie seriem, ni fallor, ex Confessionibus meis nosti.

Fr. Novi equidem, illiusque ficus salutifere, cuius hoc sub umbra contigit miraculum, immemor esse non possum.

Aug. Recte quidem; nec enim mirtus ulla nec hedera, denique dilecta, ut alunt, Phebo laurea, quamvis ad hanc poetarum chorus omnis afficitur tuque ante alios, qui solus etatis tue contextam eius ex frondibus coronam gestare meruisti, gratior esse debet animo tuo, tandem aliquando in portum ex tam multis tempestatibus revertenti, quam ficus illius recordatio, per quam tibi correctionis et venie spes certa portenditur.

Fr. Nichil adversor, sed inceptum perage.

Aug. Hoc inceperam, atque hoc prosequor: contigisse tibi hactenus quod multis, quibus dici potest versus ille Vergilii:

mens immota manet, lacrime volvuntur inanes.

Verum ego, etsi multa congerere poteram, unico tamen eoque domestico exemplo contentus fui.

Fr. Consulte; neque enim aut pluribus res egebat aut aliud quodlibet in pectus hoc profundius descendisset; eo presertim quia, licet per maximis intervallis, quanta inter naufragum et portus tuta tenentem, interque felicem et miserum esse solent, quale quale tamen inter procellas meas fluctuationis tue vestigium recognosco. Ex quo fit ut, quotiens Confessionum tuarum libros lego, inter duos contrarios affectus, spem videlicet et metum, letis non sine lacrimis interdum legere me arbitrer non alienam sed propriam mee peregrinationis historiam. Deinceps autem, quoniam omne studium contentionis abieci, ut libuerit perge. Sequi enim, non obstare disposui.

Aug. Haud hoc postulo. Sicut enim quod doctissimus quidam ait:

sic ad verum multos sepe perducit modesta contentio. Neque igitur, qui pigrioris et torpentis ingenii mos est, passim omnibus acquievisse conveniet, nec rursus comperte veritati studiosius obluctari, quod clarum litigiose mentis inditium est.

Fr. Intelligo et laudo et consilio utar. Perge modo.

Aug. Recognoscis ne igitur veram illam fuisse sententiam grandevumque progressum, ut miseriarum suarum perfecta cognitio perfectum desiderium pariat assurgendi? Desiderium potentia consequitur.

Fr. Iam in animum induxi nichil tibi non credere.

Aug. Sentio aliquid etiam nunc restare quod vellicet. Fare, age, quicquid id est.

Fr. Nichil aliud nisi quod ipse mecum obstupeo, noluisse hactenus quod semper voluisse credideram.

Aug. Adhuc hesitas; atqui, ut his iantandem sermonibus finis sit, fateor et ipse te voluisse nonnunquam.

Fr. Quid ergo dixisti?

Aug. An non succurrit illud Ovidii:

velle parum est; cupias, ut re potiaris, oportet.

Fr. Intelligo, sed et desiderasse putabam.

Aug. Fallebaris.

Fr. Credo.

Aug. Ut certius credas conscientiam ipse tuam consule. Illa optima virtutis interpres, illa infallibilis et verax est operum cogitationumque pensatrix. Illa tibi dicet nunquam te ad salutem qua decuit aspirasse, sed tepidius remissiusque quam periculorum tantorum consideratio requirebat.

Fr. Cepi, quam iubes, conscientiam excutere.

Aug. Quid illic invenis?

Fr. Vera esse que dicis.

Aug. Profecimus aliquantulum; en incipis expergisci. Iam melius tibi erit si, quam male olim erat, agnoveris.

Fr. Si hoc vel nosse satis est, non tantum bene, sed optime, michi propediem esse posse confido. Nichil enim unquam clarius intellexi quam nunquam me satis ardenter optasse libertatem et miseriarum finem. Nunquid autem post hac optasse sufficiet?

Aug. Quid ni?

Fr. Ut nil amplius agam.

Aug. Impossibilem proponis conditionem: ut, qui quod assequi potest ardenter cupit, obdormiat.

Fr. Quid igitur ipsum optare profuerit?

Aug. Nempe per medias difficultates iter pandet. Ad hoc ipsum per se virtutis desiderium pars est magna virtutis.

Fr. Magne michi spei materiam prebuisti.

Aug. Idcirco te alloquor ut et sperare doceam et timere.

Fr. Timere quonam modo?

Aug. Imo vero qualiter sperare?

Fr. Quia, cum hactenus non mediocre studium gesserim ne pessimus forem, tu michi viam aperis qua optimus fiam.

Aug. At quam id iter laboriosum sit, fortasse non cogitas.

Fr. Quid novi terroris ingeminas, quid ve tam laboriosum dicis?

Aug. Quia hoc ipsum «optare» verbum unum est, sed quod innumerabilibus consistat ex rebus.

Fr. Terrificas.

Aug. Atqui, ut ea sileam, ex quibus desiderium istud constat, quam multa sunt ex quorum eversione conficitur!

Fr. Quid dicere velis non intelligo.

Aug. Nulli potest desiderium hoc absolute contingere nisi qui omnibus aliis desideriis finem fecit. Iam intelligis quam multa et varia sunt que optantur in vita, que prius omnia nichili pendenda sunt, ut sic ad concupiscentiam summe felicitatis ascendas, quam profecto minus amat qui secum aliquid amat, quod non propter ipsam amat.

Fr. Agnosco sententiam.

Aug. Quotus ergo fuerit qui omnes cupiditates extinxerit quas ne dicam extinguere sed vel enumerare longum sit; qui animo suo frenum rationis admoverit; qui dicere audeat: «nil michi iam comune cum corpore; que videntur cunta sordescunt; ad feliciora suspiro»?

Fr. Rarissimum genus hominum; et nunc difficultatem, quam comminabaris, intelligo.

Aug. His nempe cessantibus, desiderium illud plenum expeditumque non erit; necesse est enim ut, quantum animus ad celum propria nobilitate subvehitur, tanto mole corporea et terrenis pregravetur illecebris; ita, dum et ascendere et in imis permanere cupitis, neutrum impletis in alterna distracti.

Fr. Quid igitur censes esse faciendum, ut integer animus, discussis terre compedibus, tollatur ad supera?

Aug. Ad hunc terminum profecto meditatio illa perducit, quam primo loco nominaveram, cum mortalitatis vestre recordatione continua.

Fr. Nisi et hic fallor, nullus hominum crebrius in has revolvitur curas.

Aug. Nova lis laborque alius.

Fr. Quid ergo? etiam ne hoc mentior?

Aug. Urbanius loqui velim.

Fr. Hanc tamen sententiam.

Aug. Certe non aliam.

Fr. Ergo ego de morte non cogito?

Aug. Perraro quidem, idque tam segniter, ut in imum calamitatis tue fundum cogitatio ipsa non penetret.

Fr. Contra credideram.

Aug. Non quid credideris, sed quid credere debueris attendo.

Fr. Nunquam post hac me michi crediturum scito, si et hoc falso credidisse monstraveris.

Aug. Monstrabo perfacile, modo bona fide verum confiteri in animum inducas. Utar in hac re teste etiam non longinquo.

Fr. Quonam, queso?

Azia. Conscientia tua.

Fr. Illa contrarium dicit.

Aug. Ubi confusa preit interrogatio, certum respondentis testimonium esse vix potest.

Fr. Quid ad rem?

Aug. Multum sane; quod ut clare pervideas, adverte. Nemo tam demens est, nisi sit idem prorsus insanus, cui non interdum conditio proprie fragilitatis occurrat; qui non, si interrogetur, respondeat se esse mortalem et caducum habitare corpusculum. Id enim et membrorum dolor et febrium tentamenta testantur, a quibus prorsus immunem vitam degere quenam Dei unquam indulgentia prestabit? Adde, quod et ex funeribus amicorum, que assidue preter oculos vestros eunt, spectantium animis terror incutitur; quia, dum equevum quisque comitatur ad sepulcrum, necesse est ipse etiam ad alieni casus precipitium contremiscat, et de se incipiat esse solicitus. Sicut, ubi flagrantia vicinorum tecta conspexeris, de tuis securus esse non potes, quoniam, ut ait Flaccus,

ad te post paulum ventura pericula cernis.

Eo autem vehementius movebitur, qui iuniorem, qui validiorem formosioremque videat repentina morte subtractum. Se se enim circumspiciet et dicet: - Securius hic habitare videbatur, et tamen eiectus est, nec etas profuit, nec forma, nec robur. Michi securitatem quis spopondit? Deus ne, magus ne? mortalis sum profecto! - Quod si hoc idem imperatoribus regibusque terrarum, si egregiis formidatisque personis evenerit, multo etiam acrius concutientur astantes, quoniam quem vel alios sternere solitum norant, subito videant, vel paucarum fortassis horarum anxietate prostratum. Unde enim nisi ex hoc fonte procedunt illa, que in mortibus summorum hominum stupentes faciunt populi, qualia multa, ut te tantisper ad historias revocem, in funere Iulii Cesaris meministi? Hoc est illud comune spectaculum quod mortalium oculos et corda perstringit, fatique sui memoriam ingerit aliena cernentibus. Accedit belluarum furor atque hominum, rabiesque bellorum; accedunt et magnarum edium ruine, quas bene quidam ait olim tutelam hominum fuisse, nunc esse periculum. Accedunt sinistro sidere motus aerei, et celi pestilentis afflatus, et tot terre marisque discrimina; quibus undique circumsepti non potestis oculos advertere, ubi non eis occurrat proprie mortalitatis effigies.

Fr. Indulge, queso: amplius exspectare non possum. Nichil enim ad confirmandam rationem meam dici reor efficacius, quam tu multa dixisti: egoque ipse inter audiendum mirabar quid tua vellet oratio aut ubi desineret.

Aug. Nondum quippe desierat cum tu eam precidisti. Hec enim conclusio restabat: quanquam multa vellicantia circumstent (nichil tamen ad interiora penetrare duratis longa consuetudine pectoribus miserorum, vetustoque velut callo salutiferis ammonitionibus resistente) paucos invenies sat profunde cogitantes esse sibi necessario moriendum.

Fr. Paucis ergo diffinitio hominis nota est, que tamen omnibus in scolis tam crebro repetitur, ut nedum auditorum aures fatigasse, sed ipsas edificiorum columnas iam pridem imminuisse debuerit?

Aug. Ista quidem dyaleticorum garrulitas nullum finem habitura, et diffinitionum huiuscemodi compendiis scatet et immortalium litigiorum materia gloriatur: plerunque autem, quid ipsum vere sit quod loquuntur, ignorant. Itaque si quem ex eo grege de diffinitione non tantum hominis sed rei alterius interroges, parata responsio est; si ultra progrediare, silentium fiet, aut, si assiduitas disserendi verborum copiam audaciamque pepererit, mores tamen loquentis ostendent veram sibi rei diffinite notitiam non adesse. Contra hoc tam fastidiose negligens tamque supervacuo curiosum genus hominum iuvat invehi: - Quid semper frustra laboratis, ah miseri et inanibus tendiculis exercetis ingemum? Quid, obliti rerum, inter verba senescitis, atque inter pueriles ineptias albicantibus comis et rugosa fronte versamini? Vobis utinam solis vestra noceret insania, et non nobilissima sepe adolescentium ingenia corrupisset!

Fr. Contra id, fateor, studiorum monstrum nichil satis mordaciter dici potest. Tu tamen interea, dicendi studio evectus, quod de diffinitione hominis inceperas omisisti.

Aug. Abunde dictum rebar, sed agam expressius. Hominem quidem esse animal, imo vero animalium principem cuntorum, nemo tam durus pastor invenietur ut nesciat;

nemo rursus, si interrogetur, aut rationale animal aut mortale negaverit.

Fr. Ita omnibus diffinitio nota est.

Aug. Imo vero perpaucis.

Fr. Quid ergo?

Aug. Siquem videris adeo ratione pollentem ut secundum eam vitam suam instituerit, ut sibi soli subiecerit appetitus, ut illius freno motus animi coherceat, ut intelligat se se per illam tantum a brutorum animantium feritate distingui, nec nisi quatenus ratione degit nomen hoc ipsum hominis mereri; adeo preterea mortalitatis sue conscium, ut eam cotidie ante oculos habeat, per eam seipsum temperet, et hec peritura despiciens ad illam vitam suspiret, ubi, ratione superauctus, desinet esse mortalis; hunc tandem veram de diffinitione hominis atque utilem scientiam habere dicito. Huius ultimi, quoniam de eo nobis sermo erat, dicebam paucos cognitionem aut meditationem idoneam sortitos.

Fr. Ego me hactenus ex paucis rebar.

Aug. Et ego quidem non ambigo tibi tam multa per omnem vitam experientia magistra, tam multa ex librorum lectione repetenti, crebras cogitationes mortis occurrere, sed que nec satis alte descendant nec satis tenaciter hereant.

Fr. Quid vocas «alte descendere»? Etsi enim intelligere michi videar, cupio tamen ex te clarius audire.

Aug. Dicam (quamvis iam vulgo persuasum sit atque etiam e medio philosophorum grege clarissimi testes accesserint) mortem inter tremenda principatum possidere, usque adeo ut iampridem nomen ipsum mortis auditu tetrum atque asperum videatur. Non tamen vel sillaba hec summis auribus excepta vel rei ipsius recordatio compendiosa sufficiet; immorari diutius oportet atque acerrima meditatione singula morientium membra percurrere; et extremis quidem iam algentibus media torreri et importuno sudore diffluere, ilia pulsari, vitalem spiritum mortis vicinitate lentescere. Ad hec defossos natantesque oculos, obtuitum lacrimosum, contractam frontem liventemque, labantes genas, luridos dentes, rigentes atque acutas nares, spumantia labia, torpentem squamosamque linguam, aridum palatum, fatigatum caput, hanelum pectus, raucum murmur et mesta suspiria, odorem totius corporis molestum, precipueque alienati vultus horrorem. Que omnia facilius ac velut in promptu et ad manum collocata succurrent, si cui familiariter obversari ceperit memorandum aliquod conspecte mortis exemplum; tenacior enim esse solet visorum quam auditorum recordatio. Quam ob causam non sine alto consilio in quibusdam devotis religionibus atque sanctissimis, usque etiam ad hanc etatem, que bonis moribus inimica est, illa consuetudo perdurat quod ad cernendum corpora defunctorum, dum lavantur preparanturque sepulture, eiusdem rigidi propositi professores intersint, ut scilicet triste miserandumque spectaculum oculis subiectum et memoriam semper admoneat et animos superstitum ab omni spe mundi fugacis exterreat. Hoc est igitur quod «alte descendere» dicebam, non dum forte consuetudinis causa mortem nominatis, dum «Nil morte certius, nil hora mortis incertius» ceteraque huius generis usu quotidiam sermonis iteratis. Pretervolant enim illa, non insident.

Fr. Assentior eo facilius quia multa, que mecum tacitus agitare soleo. Nunc te loquente recognosco. Signum tamen aliquod memorie mee, si videtur, imprime, quo admonitus posthac de me ipse michi non mentiar, nec erroribus meis interblandiar. Id enim est, ut video, quod mentes hominum calle virtutis avertit, dum metam apprehendisse rate ulterius non aspirant.

Aug. Libens hoc audio ex te; neque enim otiosi et a casu pendentis, sed multa circumspicientis animi verba sunt. Signum igitur, quo nunquam fallaris, accipe. Si, quotiens de morte cogitabis, loco non moveberis, scito te velut de rebus ceteris inutiliter cogitasse. At si in ipso cogitatu obrigueris, contremueris, expallueris; tibique iam hinc laborare visus fueris medias inter mortis angustias; si cum hoc et illud occurrat, animam ilicet ut ex his membris exierit, sistendam in eterno iudicio, totius vite preterite actuumque et verborum rationem exactissimam esse reddendam; nullam in ingenio eloquentia ve, nullam in opibus aut potentia; nullam denique in forma corporis aut in mundi gloria spem habendam; nec corrumpi posse, nec falli iudicem nec placari; mortem ipsam laborum non finem esse, sed transitum; hoc inter mille suppliciorum, mille tortorum genera; et stridor ac gemitus Averni et sulphurei amnes et tenebre et ultrices Furie; postremo universa simul Orchi pallentis immanitas; que ve his omnibus preponderant malis: infelix sine fine perpetuitas, terminandeque calamitatis desperatio, et in eternum mansura non iam amplius miserantis ira Dei; si hec simul omnia ante oculos venerint, non ut ficta sed ut vera, non ut possibilia sed ut necessario inevitabiliterque ventura et pene iam presentia: inque his curis non preteriens nec desperans, sed spei plenus quod Dei dextera potens promptaque sit ex tantis malis eruere, dummodo te curabilem prebeas, surgendique avidus et propositi tenax assiduusque versaberis; non frustra te meditatum esse confide.

Fr. Graviter me, fateor, tantis ante oculos coacervatis miseriis terruisti. Sed sic michi Deus venie largus sit, ut ego per dies singulos in has cogitationes immergor precipueque noctibus, cum diurnis curis relaxatus animus se in se ipsum recolligit. Tum corpus hoc in morem morientium compono, ipsam quoque mortis horam et quicquid circa eam mens horrendum repperit, intentissime michi ipse confingo, usque adeo ut, in agone moriendi positus, michi videar interdum Tartara et que narras omnia mala conspicere; eaque tam graviter visione conturbor, ut exterritus tremensque consurgam, et sepe, usque ad horrorem astantium, hec in verba prorumpam: - Heu quid ago? quid patior? cui me exitio fortuna reservat? Miserere, Iesu, fer opem:

Multa preter hec alia, frenetici in morem quacunque vagum animum paventemque tulit impetus, mecum loquor; multa quoque cum amicis, quibus illacrimans ipse nonnunquam ceteros in lacrimas coegi, licet utrique post lacrimas reverteremur ad solita. Que cum ita sint, quid ergo me retinet? quid latentis obstaculi est ut nunc usque nil ista michi cogitatio preter molestias terroresque pepererit, ego autem idem sim adhuc qui fueram prius quodque hi sunt, quibus forte nunquam tale aliquid contigit in vita? Eoque miserior, quod illi, quisquis sit futurus exitus, presentibus saltem voluptatibus delectantur: michi vero et finis incertus sit et nulla voluptas, nisi talibus amaritudinibus respersa, proveniat.

Aug. Noli, precor, ubi gaudendum est dolere; peccator enim, quo maiorem voluptatem ac titillationem percipit ex sceleribus suis, eo miserior calamitosiorque iudicandus est.

Fr. Forte ideo quia nunquam ad virtutis semitam reflectitur quem nusquam interrupta voluptas sui raptat in merorem. Qui vero inter carnis illecebras et blandimenta fortune durum aliquid experitur, totiens conditionis sue meminit quotiens illum delectatio preceps et inconsulta destituit. Quod si unus esset amborum finis, non intelligo cur non felicior dici possit qui nunc gaudet doliturus in posterum, quam qui nec sentit in presens gaudium, nec expectat. Nisi te moveat forte quod in finem risus sit luctus acerbior.

Aug. Illud magis quoniam, freno rationis abiecto, quod quidem prorsus in illa suprema voluptate deseritur, gravior casus est, quam, eodem vel tenuiter retento, ex pari precipitio corruentis. Ante omnia tamen a te illud dictum prius attendo, quod de alterius sperandum de alterius conversione desperandum sit.

Fr. Istud quidem sic esse considero. Sed tu interim nunquid non prime questionis oblitus es?

Aug. Cuius?

Fr. «Quid est quod me retinet?» hoc enim quesieram: cur michi uni cogitatio mortis intensa non profuit, quam miris modis fructuosam dicis?

Aug. Primum quippe quia de longinquo forsitan illa consideras que, tum propter brevissime vite cursum tum propter incertos et varios casus, longinqua esse non possunt. Omnes enim ferme «in hoc fallimur» ut ait Cicero «quod mortem prospicimus»: quem textum correctores quidam, an verius corruptores, mutare voluerunt negationem verbo preponentes, et «mortem non prospicimus» dicendum esse firmantes. Ceterum qui mortem omnino non aspiciat sani capitis nullus invenitur; re autem vera «prospicere» «procul aspicere» est. Quod unum super cogitanda morte multos illusit, dum illam vivendi metam sibi quisque proposuit, ad quam etsi perveniri possit per naturam, tamen paucissimi pervenerunt. Fere enim nullus moritur, cui non conveniat poeticum illud:

canitiemque sibi et longos promiserat annos.

Hoc nocere tibi potuit; nam et etas et complexionis vigor et vite modestioris observantia hanc tibi spem fortasse prebuerunt.

Fr. Noli, queso, de me talia suspicari. Avertat Deus hanc insaniam:

quod apud Virgilium famosissimus ille magister maris ait. Et ego, in mari magno sevoque ac turbido iactatus, tremulam cimbam fatiscentemque et rimosam ventis obluctantibus per tumidos fluctus ago. Hanc diu durare non posse certe scio nullamque spem salutis superesse michi video, nisi miseratus Omnipotens prebeat ut gubernaculum summa vi flectens antequam peream litus apprehendam, qui in pelago vixerim moriturus in portu. Huic opinioni debeo quod opum magneque potente desiderio, quo multos non modo coetaneos meos sed longevos homines et comunem vivendi modum supergressos exestuare videmus, nunquam arsisse me recolo. Quis enim furor est omnem etatem in laboribus et in paupertate transducere, ut inter tot curis coacervandas divitias statim moriar? Sic itaque de his formidolosis rebus cogito non ut longe distantibus, sed mox affuturis, iamiamque presentibus. Necdum de memoria mea excessit versiculus quidam quem adhuc admodum iuvenis scripsi, inter multa que ad amicum scripseram hoc in fine subiungens:

loquimur dum talia, forsan

innumeris properata viis, in limine mors est.

Quod si tunc dicere potui, quid modo dicam et experimento rerum et etate provectior? Quicquid video, quicquid audio, quicquid sentio, quicquid cogito ad hoc unum refero. Quod, si in hac cogitatione non fallor, ad hec questio illa superest: «quid ergo me retinet?».

Aug. Humiles Deo gratias age, qui te tam salubribus habenis frenare stimulisque tam pungentibus solicitare dignatur. Vix enim possibile fuerit ut, quem cogitatio mortis habet tam quotidiana, tam presens, hunc mors eterna contingat. Sed quoniam deesse tibi aliquid sentis, nec immerito, quid illud sit aperire tentabo, ut eo si Deus faverit amoto, in cogitationes tuas totus assurgens, quo adhuc premeris, vetustum servitutis iugum possis excutere.

Fr. Utinam id tibi contingat efficere, et ego tanti muneris capax inveniar.

Aug. Inveniere si voles, neque enim res impossibilis est; sed in actibus humanis duo versantur, quorum si desit alterum, prepediri constet effectum. Voluntas igitur presto sit, eaque tam vehemens ut merito desiderii vocabulum sortiatur.

Fr. Ita fiet.

Aug. Scis quid cogitationi tue officiat?

Fr. Hoc est quod peto, hoc est quod tantopere scire desidero.

Aug. Audi ergo. Animam quidem tuam, sicut celitus bene institutam esse non negaverim, sic ex contagio corporis huius, ubi circumsepta est, multum a primeva nobilitate sua degenerasse ne dubites; nec degenerasse duntaxat, sed longo iam tractu temporis obtorpuisse, factam velut proprie originis ac superni Conditoris immemorem. Nempe passiones ex corporea commistione subortas oblivionemque nature melioris, divinitus videtur attigisse Virgilius, ubi ait:

Igneus est illis vigor et celestis origo

seminibus, quantum non noxia corpora tardant

terrenique hebetant artus, moribundaque membra.

Hinc metuunt cupiuntque dolent gaudentque, neque auras

respiciunt, clause tenebris et carcere ceco.

Discernis ne in verbis poeticis quadriceps illud monstrum nature hominum tam adversum?

Fr. Discerno clarissime quadripartitam animi passionem, que primum quidem, ex presentis futurique temporis respectu, in duas scinditur partes; rursus quelibet in duas alias, ex boni malique opinione, subdistinguitur; ita quattuor velut flatibus aversis humanarum mentium tranquillitas perit.

Aug. Rite discernis, atqui verificatum est in vobis illud apostolicum: «Corpus, quod corrumpitur, aggravat animam, et deprimit terrena inhabitatio sensum multa cogitantem.» Conglobantur siquidem species innumere et imagines rerum visibilium, que corporeis introgresse sensibus, postquam singulariter admisse sunt, catervatim in anime penetralibus densantur; eamque, nec ad id genitam nec tam multorum difformiumque capacem, pregravant atque confundunt. Hinc pestis illa fantasmatum vestros discerpens laceransque cogitatus, meditationibusque clarificis, quibus ad unum solum summumque lumen ascenditur, iter obstruens varietate mortifera.

Fr. Huius quidem pestis, cum sepe alias, tum in libro De vera religione, cui nichil constat esse repugnantius, preclarissime meministi. In quem librum nuper incidi, a philosophorum et poetarum lectione digrediens, itaque cupidissime perlegi: haud aliter quam qui videndi studio peregrinatur a patria, ubi ignotum famose cuiuspiam urbis limen ingreditur, nova captus locorum dulcedine passimque subsistens, obvia queque circumspicit.

Aug. Atqui licet aliter sonantibus verbis secundum catholice veritatis preceptorem decuit, reperies libri illius magna ex parte philosophicam precipueque platonicam ac socraticam fuisse doctrinam. Et nequid tibi subtraham, scito me, ut opus illud inciperem, unum maxime Ciceronis tui verbum induxisse. Affuit Deus incepto, ut ex paucis seminibus messis opima consurgeret. Sed ad propositum revertamur.

Fr. Ut libet, pater optime. Ante tamen unum oro: ne michi abscondas verbum illud, quod tam preclaro operi, ut ais, prebuit materiam.

Aug. Cicero siquidem in quodam loco, iam tunc errores temporum perosus, sic ait: «Nichil animo videre poterant, ad oculos omnia referebant; magni autem est ingenii revocare mentem a sensibus et cogitationem a consuetudine abducere.» Hec ille. Ego autem hoc velut fundamentum nactus, desuper id quod tibi placuisse dicis opus extruxi.

Fr. Teneo locum: in Tusculano est; te autem hoc Ciceronis dicto et illic et alibi in operibus tuis delectari solitum animadverti; nec immerito; est enim ex eorum genere, quibus cum veritate permixtus lepos ac maiestas inest. Tu vero iantandem, ut videtur, ad propositum redi.

Aug. Hec tibi pestis nocuit; hec te, nisi provideas perditum ire festinat. Siquidem fantasmatibus suis obrutus, multisque et variis ac secum sine pace pugnantibus curis animus fragilis oppressus, cui primum occurrat, quam nutriat, quam perimat, quam repellat, examinare non potest; vigorque eius omnis ac tempus, parca quod tribuit manus, ad tam multa non sufficit. Quod igitur evenire solet in angusto multa serentibus, ut impediant se sata concursu, idem tibi contingit, ut in animo nimis occupato nil utile radices agat, nichilque fructiferum coalescat; tuque inops consilii modo huc modo illuc mira fluctuatione volvaris, nusquam integer, nusquam totus. Hinc est ut quotiens ad hanc cogitationem mortis aliasque, per quas iri possit ad vitam, generosus, si sinatur, animus accessit, inque altum naturali descendit acumine, stare ibi non valens, turba curarum variarum pellente, resiliat. Ex quo fit ut tam salutare propositum nimia mobilitate fatiscat, oriturque illa intestina discordia de qua multa iam diximus, illaque anime sibi irascentis anxietas, dum horret sordes suas ipsa nec diluit, vias tortuosas agnoscit nec deserit, impendensque periculum metuit nec declinat.

Fr. Heu mi misero! Nunc profunde manum in vulnus adegisti. Istic dolor meus inhabitat, istinc mortem metuo.

Aug. Bene habet! torpor abscessit. Sed quoniam iam satis hodiernum colloquium absque intermissions protulimus, reliquis, si placet, in diem proximum dilatis, nunc aliquantisper in silentio respiremus.

Fr. Peroportuna duo quidem languori meo: quies et silentium.

EXPLICIT LIBER PRIMUS

LIBER INCIPIT SECUNDUS

Aug. Satis ne feriati sumus?

Fr. Ut libet quidem.

Aug. Quid tibi nunc animi est quantum ve fiducie? Prefert enim non leve salutis indicium spes languentis.

Fr. Quid de me sperem non habeo: spes mea Deus est.

Aug. Sapienter. Nunc ad rem redeo. Multa te obsident, multa circumstrepunt, tuque ipse quot adhuc aut quam validis hostibus circumsidearis ignoras. Quod igitur evenire solet condensam procul aciem cernenti, ut contemptus paucitatis hostium fallat; quo vero propius accesserint, quoque distinctius subiecte oculis cohortes effulxerint, prestringente oculos fulgore, metus crescat et minus debito timuisse peniteat, idem tibi eventurum reor. Ubi ante oculos tuos hinc illinc prementia teque circunvallantia, mala coniecero, pudebit te minus doluisse minus ve metuisse quam decuit, parciusque miraberis animum, tam multis obsessum, per medios hostium cuneos erumpere nequivisse. Videbis profecto cogitatio illa salubris, ad quam te nitor attollere, quot adversantibus cogitationibus victa sit.

Fr. Perhorresco graviter; quoniam si periculum meum magnum semper agnovi tuque illud tanto super extimationem meam esse ais ut respectu eius quod timere debui nil pene timuerim, qui id iam spei reliquum est?

Aug. Ultimum malorum omnium desperatio est, ad quam nemo unquam nisi ante tempus accessit; ideoque hoc in primis scias velim: nichil esse desperandum.

Fr. Sciebam, sed memoriam terror abstulerat.

Aug. Nunc ad me oculos animumque converte, et ut familiarissimi tibi vatis verbo utar:

aspice qui coeant populi, que menia clausis

ferrum acuant portis in te excidiumque tuorum.

Vide quos tibi mundus laqueos tendit, quot inanes spes circumvolant, quot supervacue premunt cure. Primum quidem, ut inde initium faciam unde ab initio creaturarum omnium illi nobilissimi spiritus corruerunt, tibique ne post illos corruas summo opere providendum est. Quam multa sunt que animum tuum funestis alis extollunt et sub insite nobilitatis obtentu, totiens experte fragilitatis immemorem fatigant, occupant, circumvolvunt, aliud cogitare non sinunt, superbientem fidentemque suis viribus, et usque ad Creatoris odium placentem sibi! Que, quanquam grandia et qualia tibi fingis essent, non in superbiam tamen sed in humilitatem inducere debuissent, memorantem nullis tuis meritis illa sibi singularia contigisse. Quid enim ne dicam eterno, sed temporali domino obsequentiores fecerit sublectorum animos, quam in illo spectata liberalitas nullis suorum meritis excitata? Student enim benefactis subsequi quem prevenire debuerant. Nunc vero facillime licebit quam pusilla sunt, quibus superbis, intelligere. Fidis ingenio et librorum lectione multorum; gloriaris eloquio, et forma morituri corporis delectaris. Enimvero sentis ingenium in quam multis sepe destituat, quot sunt artium species, in quibus vilissimorum acumen hominum equare non poteris. Minus dixi: animalia ignobilia et pusilla reperies, quorum opera nullo studio queas imitari. I nunc, et ingenio gloriare! Lectio autem ista quid profuit? Ex multis enim, que legisti, quantum est quod inheserit animo, quod radices egerit, quod fructum proferat tempestivum? Excute pectus tuum acriter; invenies cunta que nosti, si ad ignorata referantur, eam proportionem obtinere quam collatus Occeano rivolus estivis siccandus ardoribus. Quanquam vel multa nosse quid relevat si, cum celi terreque ambitum, si, cum maris spatium et astrorum cursus herbarumque virtutes ac lapidum et nature secreta didiceritis, vobis estis incogniti? Si, cum rectam virtutis ardue semitam scripturis ducibus agnoveritis, obliquo calle transversos agit furor? Si, cum omnis evi clarorum hominum gesta memineritis, quid vos quotidie agitis non curatis? De eloquio quid dicam, nisi quod tu ipse fateberis; sepe te quidem eius fiducia fuisse delusum? Quid autem attinet audientes forsitan approbasse que diceres, si te iudice damnabantur? Quamvis enim audientium plausus non spernendus eloquentie fructus esse videatur, si tamen ipsius oratoris <plausus> interior desit, quantulum voluptatis prestare potest strepitus ille vulgaris? Quomodo autem alios loquendo mulcebis, nisi te primum ipse permulseris? Idcirco sane nonnunquam sperata eloquentie gloria frustratus es, ut facili cognosceres argumento quam ventosa ineptia superbires. Quid enim, queso, puerilius imo vero quid insanius quam, in tanta rerum omnium incuria tantaque segnitie, verborum studio tempus impendere et lippis oculis nunquam sua probra cernentem, tantam voluptatem ex sermone percipere, quarundam avicolarum in morem, quas aiunt usque in perniciem proprii cantus dulcedine delectari? Et hoc quidem sepe tibi contigit in rebus quotidianis atque vulgaribus, quo magis erubesceris, quas tuo inferiores arbitrabaris eloquio eas te verbis equare nequivisse. Quam multa sunt autem in rerum natura, quibus nominandis proprie voces desunt; quam multa preterea que, quanquam suis vocabulis discernantur, tamen ad eorum dignitatem verbis amplectendam ante ullam experientiam sentis eloquentiam non pervenire mortalium. Quotiens ego te querentem audivi, quotiens tacitum indignantemque conspexi, quod que clarissima cognituque facillima essent animo cogitanti, ea nec lingua nec calamus sufficienter exprimeret. Que est igitur ista eloquentia, tam angusta, tam fragilis, que nec cunta complectitur et que fuerit complexa non stringit? Greci vobis, vos vicissim Grecis, verborum penuriam soletis obicere. Seneca quidem illos verbis ditiores extimat; at M. Tullius in primordio operis quod De bonorum et malorum finibus edidit: «Ego, inquit, satis mirari non queo unde hoc sit tam insolens domesticarum rerum fastidium. Non est omnino hic docendi locus, sed ita sentio et sepe disserui, latinam linguam non modo non inopem, ut vulgo putarent, sed locupletiorem etiam esse quam grecam.» Et idem, cum sepe alias, tum in Tusculano suo disputans exclamavit: «O verborum inops, quibus abundare te semper putas, Grecia.» Dixit hec vir ille fidentissime, ut qui se latine eloquentie principem sciret, auderetque de huius rei gloria iam tunc bellum Grecie movere; iuxta id quod ab codem Seneca, greci sermonis miratore, in Declamationibus scriptum est. «Quicquid habet» inquit «romana facundia, quod insolenti Grecie aut opponat aut preferat, circa Ciceronem effloruit.» Magna laus, sed sine ulla dubitatione verissima. Est ergo, ut vides, de eloquentie principatu non tantum inter nos et Graios, sed inter nostrorum etiam doctissimos magna contentio; inque his castris est qui illis faveat, sicut in illis forsitan qui nobis; quod de Plutarcho, illustri philosopho, quidam referunt. Denique Seneca noster, etsi Ciceroni deferat, ut dixi, coactus maiestate tam predulcis eloqui, in reliquis tamen Grecie palmam defert. Ciceroni contrarium videtur. Si vero meum his de rebus iudicium expectas, utrunque veridicum pronuntio, et qui Greciam et qui Italiam verborum dixit inopem. Quod si de his duabus tam famosis regionibus recte dicitur, quid possunt sperare alie? Quatenus tibi preterea in hac re fidendum viribus tuis sit, ubi toti provincie, cuius perexigua portiuncula es, hanc sermonis vides esse penuriam, tecum ipse considera. Pudebit tantum temporis consumpsisse in eam rem, quam et assequi impossibile, et assecutam esse vanissimum sit. Ut vero iam hinc alia pertractanda transgrediar: corporis huius bonis extolleris?

Quid autem tuo tibi placet in corpore? robur ne an valitudo prosperior? At nichil imbecillius. Fatigatio ex levibus causis obrepens, et insultus morborum varii, et vermiculorum morsus, seu levissimus afflatus, atque huius generis multa consternant. An forme forsan fulgore deciperis, et proprii vultus colorem seu lineamenta conspiciens, habes cui inhies, quod mireris, quod mulciat, quod delectet? Neque te Narcissi terruit fibella, nec quid esses introrsus virilis consideratio corporee feditatis admonuit? Exterioris cutis contentus aspectu, oculos mentis ultra non porrigis. Atqui huius quoque caducum fore precipitemque flosculum, etsi alia, que innumerabilia sunt, argumenta cessarent, ipse tibi etatis irrequietus cursus, per singulos aliquid decerpens dies, luce clarius ostendere debuisset. Etsi forte (quod dicere non audebis) adversus etatem et morbos ceteraque formam corporis alterantia tibi ipse videreris indomitus, at illius saltem cunta subruentis extremi non decuit oblivisci, fixumque alta sub mente geri debuit illud satyricum:

.... Mors sola fatetur

quantula sint hominum corpuscula . . .

Hec, nisi fallor, sunt que te superbis flatibus elatum humilitatem conditionis tue considerare prohibent, mortisque reminisci. Sunt etiam alia, que iam hinc exequi fert animus.

Fr. Subsiste paululum, queso, ne tanta mole rerum obrutus nequeam responsurus assurgere.

Aug. Dic age: subsistam libens.

Fr. In admirationem me non modicam coegisti, multa michi obiciens, que nunquam in animum meum descendisse sum conscius. Me ne fisum ais ingenio? At profecto nullum ingenioli mei signum est, nisi hoc unum, nullam me in eo posuisse fiduciam. Ego ne librorum ex lectione superbior fiam, que michi sicut scientie modicum invexit, sic curarum materiam multarum? An lingue gloriam sectatus dicor qui, ut tu ipse memorasti, nichil magis indigner, quam conceptibus illam meis non posse sufficere? Nisi tentandi propositum tibi sit, scis me parvitatis mee michi conscium semper fuisse, et siquid michi forte visus sum, potuit hoc interdum aliene ruditatis considerations contingere. Eo enim, quod sepe dicere soleo, perventum est ut, iuxta vulgatum Ciceronis dictum, potius «aliorum imbecillitate» quam «nostra virtute valeamus». Quid autem, etsi abunde contigissent ista que narras, quid michi tam magnificum contulissent, ut hinc superbiendum foret? Non sum tam mei ipsius immemor, neque tam levis, ut his me auris agitandum prebeam. Quantulum enim vel ingenium vel scientia, vel eloquentia profuerit, nullum lacerantibus animum morbis afferens remedium! quam rem in epystola quadam me diligentius questum fuisse commemini. Iam quod de corporeis bonis quasi serio dixisti pene risum excitavit. Me ne in hoc mortali et caduco corpusculo spem posuisse, quotidianas eius ruinas sentientem? Deus meliora. Fuit hec puero, fateor, cura pectendi capitis, vultus ornandi; verum hoc cum primis annis simul evanuit, reque ipsa nunc experior illud Domitiani principis, qui in epystola ad amicum de se ipso scribens querensque corporee pulcritudinis prerapidam fugam: «Scias» inquit «Nil gratius decore, nil brevius.»

Aug. Copiose possem adversus ista disserere; malo tamen tibi conscientia tua quam sermo meus incutiat pudorem. Non agam pertinaciter, neque tormentis verum extorquebo; quod generosi solent ultores, simplici negatione contentus precabor ut post hac omni studio declines quod hactenus te non admisisse contendis. Siquando autem vultus tui species tentare animum forte ceperit, occurrat qualia mox eadem futura sint membra que nunc placent, quam feda, quam tristia, quam tibi ipsi, si revidere possis, horrenda; tecumque hec inter philosophicum illud frequenter ingemina «Ad maiora sum genitus quam ut sim mancipium corporis mei». Profecto enim summa insania est hominum, se se negligentium, corpus autem et, in quibus habitant, membra comentium. Siquis in carcerem tenebrosum atque humentem olentemque pestifere ad breve tempus intrusus sit, nonne, si non desipiat, intactum se, quam possibile fuerit, ab omni parietum et soli contagione servabit et, iamiam egressurus, intentis auribus liberatoris sui expectabit adventum? Quod si, his curis abiectis cenoque et horrore carceris delibutus, exire metuat, ac pingendis ornandisque circa se menibus omnem curam studiosus impendat, loci stillantis naturam frustra superare meditans, nunquid non merito insanus videatur et miser? Nempe vos carcerem vestrum et nostis et amatis, ah miseri! et mox vel educendi certe vel extrahendi heretis in eo exornando soliciti quem odisse decuerat. Sicut tu ipse in Africa tua Scipionis illius magni patrem loquentem induxisti:

odimus et laqueos et vincula nota timemus

libertatis onus: quod nunc sumus illud amamus.

Preclare quidem, modo quod alios dicere facis ipse tibi diceres. Unum vero, quod ex omni sermone tuo tibi fortassis humillimum michi autem arrogantissimum videtur, dissimulare non valeo.

Fr. Doleo si superbe aliquid dixi; at si factorum dictorum ve moderator est animus, nichil me arrogans dixisse ipse michi testis est.

Aug. Multo quidem importunius superbie genus est alios deprimere, quam se ipsum debito magis attollere; longeque maluissem ceteros magnificares, te quanquam ceteris anteferres, quam, calcatis omnibus, ex alieno contemptu superbissime tibi clipeum humilitatis assumeres.

Fr. Ut voles accipe. Ego nec michi nec aliis multum tribuo; piget referre quid de maiore parte hominum sentiam expertus.

Aug. Se ipsum spernere tutissimum est; alios vero periculosissimum atque vanissimum. Sed progrediamur ad reliqua. Scis quid te aliud avertit?

Fr. Quicquid libuerit dicito, modo ne accuses invidie.

Aug. Utinam non tibi magis superbia quam invidia nocuisset. Hoc enim crimine me iudice liber es. Sed alia quedam dicturus sum.

Fr. Nulla me deinceps accusatione turbaveris. Dic ingenue quicquid est, quod me transversum agat.

Aug. Rerum temporalium appetitus.

Fr. Apage obsecro; nichil unquam absurdius audivi.

Aug. Repente turbatus et proprie promissionis oblitus es! Iam invidie mentio nulla est!

Fr. At avaritie, a quo crimine nescio an remotior quisquam sit.

Aug. Multum te iustificas. Sed michi crede, non es ab hac peste, ut tibi videris, alienus.

Fr. Ego ne ab avaritie labe non immunis sum?

Aug. Ne ab ambitione quidem.

Fr. Age, iam urge, ingemina, accusatoris officium imple; quid iam novi vulneris infligere velis expecto.

Aug. Proprie quidem veritatis testimonium accusationem et vulnus appellasti. Verum est enim satyricum:

accusator erit qui verum dixerit.

Nec minus et comicum illud:

obsequium amicos veritas odium parit.

Sed dic oro: quorsum he solicitudines et exedentes animum cure? Quid necesse erat in tam brevibus vite spatiis tam longas spes ordiri?

Vite summa brevis spem nos vetat inchoare longam.

Legis semper ista, sed negligis. Respondebis, ut arbitror, amicorum te caritate compelli, et pulcrum errori nomen invenies. Atqui dementia quanta est, ut alteri sis amicus, tibi ipsi bellum et inimicitias indicere!

Fr. Non sum tam illiberalis et inhumanus ut non me contingat amicorum cura; eorum presertim, quos virtus michi meritumque conciliat. Sunt enim quos suspiciam, quos venerer, quos amem, quos ve miserear. Ex diverso autem nec adeo liberalis sum, ut propter amicos me perditum eam. Haud hoc dixerim. Pro victu quotidiano preparare aliquid mens optat; atque hoc studeo ut (quoniam Horatii iaculis me petis, horatianus clipeus tegat)

sit bona librorum et provise frugis in annum

copia, ne fluitem dubie spe pendulus hore.

Et quia propositum est michi, ut ait idem,

nec turpem senectam

degere nec cithara carentem,

et multum vereor vite prolixioris insidias, longe in utrunque michi ipse provideo, et Musarum studiis rei familiaris curas intersero; verum id ago tam segniter ut evidenter appareat me coactum ad ista descendere.

Aug. Intelligo quam alte in cor tuum ista penetrarint, quibus excusatio quereretur amentie. Cur autem non eque satyricum illud precordiis inheserit:

sed quo divitias hec per tormenta coactas,

cum furor haud dubius, cum sit manifesta phrenesis,

ut locuples moriaris egenti vivere fato?

Credo quia preclarum extimas purpureis stratis obsitum mori, sepulcro iacere marmoreo, linquere successoribus de opulenta hereditate certamen. Illasque ideo, quibus ista parantur, divitias concupiscis. Supervacuus labor et, siquid michi credis, insanus. Iam si ad comunem hominum respicis naturam, nosti eam paucis esse contentam; sin ad propriam cogitando reflecteris, vix natus est cui pauciora sufficerent, nisi publicus error obstreperet. Ad populares mores vel ad ipsius forte, qui loquebatur, animum respexit poeta dum diceret:

victum infelicem tellus lapidosaque corna

dant rami, et vulsis pascunt radicibus herbe.

Tibi contra fatearis oportet nichil tali victu dulcius nichilque suavius, si tuis et non insanientis vulgi legibus vivas. Quid ergo te crucias? Si ad naturam tuam te metiris, iam pridem dives eras; si ad populi plausum, dives esse nunquam poteris, semperque aliud restabit, quod sequens per cupiditatum abrupta rapiaris. Meministi quanta cum voluptate reposto quondam rure vagabaris, et nunc herbosis pratorum thoris accubans murmur aque luctantis hauriebas, nunc apertis collibus residens subiectam planitiem libero metiebaris intuitu; nunc in aprice vallis umbraculo dulci sopore correptus optato silentio fruebaris; nunquam otiosus, mente aliquid altum semper agitans, et, solis Musis comitantibus, nusquam solus? Denique virgiliani senis exemplo qui

regum equabat opes animo, seraque revertens

nocte domum, dapibus mensas onerabat inemptis

sub occasum solis angustam domum repetens et tuis contentus bonis, nunquid non tibi omnium mortalium longe ditissimus et plane felicissimus videbaris?

Fr. Hei michi! nunc recolo, atque illius temporis commemoratione suspiro.

Aug. Quid suspiras, aut quis tibi, demens, horum malorum prebuit materiam? Nempe animus ipse tuus, quem puduit tam diu nature sue legibus parere quique frenum non fregisse credidit servitutem. Is modo te raptat violentus, et, nisi habenas contrahis, precipitaturus in mortem. Ex quo primum cepisti ramorum tuorum bachas fastidire, amictusque simplicior et agrestium hominum sorduit convictus, in medios urbium tumultus, urgente cupiditate, relapsus es, ubi quam lete quamque tranquille degas frontis tue habitus et verba testantur. Quid enim ibi miseriarum non vidisti, pertinacissimus adversus infeliciter experta! et adhuc hesitas, peccatorum forsitan illigatus nexibus, ac favente Deo ut, ubi sub aliena ferula pueritiam exegisti, ibidem, tui iuris eflectus, miserabilem conteras senectutem. Certe ego presens aderam, cum adhuc adolescentulum te nulla cupiditas, nulla prorsus tangebat ambitio, cum cuiusdam magni futuri viri specimen preferebas. Nunc mutatis moribus, infelix, quo magis ad terminum appropinquas, eo viatici reliquum conquiris attentius. Quid superest igitur nisi ut in die mortis, que forte iam iuxta est et profecto procul esse non potest, aurum sitiens kalendario semivivus incumbas? siquidem quod per dies singulos crescit, supremo die necesse est ad summum et augeri vetitum pervenerit incrementum.

Fr. Senectutis pauperiem ante prospiciens si fatigate etati adiumenta conquiro, quid hic tam reprehensibile est?

Aug. O ridiculas curas insanamque negligentiam, id anxie cogitare, quo vel nunquam forte perventurus, certe vel ubi brevissimo tempore permansurus sis; illius autem oblivisci, quo et pervenire necessarium sit, et irremeabile pervenisse. Sed ille mos vester execrandus est; transitoria curatis, eterna negligitis. In eo quidem quod de senili paupertate clipeum queris errori, inhesit, credo, tibi virgilianum illud

atque inopis metuens formica senecte.

Itaque illam tibi vite magistram delegisti, excusabilior dicente Satyrico:

frigusque famemque

formica tandem quidam expavere magistra.

At si non totus in formice magisterium abiisti, reperies nichil miserius, nichil amentius quam semper pauperiem pati ne quando patiaris. Quid ergo? Pauperiem ne suadeo? Optare quidem minime; tolerare summo opere, si sic res humanas miscens fortuna coegerit. Mediocritatem sane in omni statu expetendam censeo. Non igitur ad illorum statuta te revoco qui aiunt: «Satis est vite hominum panis et aqua; nemo ad hec pauper est, intra que quisquis desiderium suum clausit, cum ipso Iove de felicitate contendet»; nec modum vite hominum «fluvium Cereremquet» constituo. Sunt enim ut magnifice sic auribus hominum importune pridem odioseque sententie. Itaque, ut infirmitati tue morem geram, exinanire naturam non doceo, sed frenare. Sufficiebant tua quidem usibus necessariis, si tu ipse tibi suffecisses; nunc autem ipse quam pateris indigentiam peperisti. Cumulationem enim opum necessitatem ac solicitudinem cumulare, iam totiens disputatum est, ut amplioribus non egeat argumentis. Mirus error et miseranda cecitas, preclarissime nature ac celestis originis humanum animum, celestibus neglectis, metallis inhiare terrestribus. Cogita, queso, acriter atque oculos mentis intende, nec eos circumradiantis auri fulgor impediat: quotiens uncis avaritie tractus ab altissimis curis ad hec inferiora diverteris, nonne de celo in terras precipitem corruisse, et e mediis sideribus in profundissimam voraginem demersum te esse cognoscis?

Fr. Cognosco equidem, et dici non posset quam graviter precipitatus allidor.

Aug. Quid ergo totiens experta non metuis? et cum fueris erectus ad supera, non tenacius pedem figis?

Fr. Nitor quippe, sed quoniam humane conditionis concutit necessitas, invitus avellor. Nec enim sine causa veteres poetas geminum Parnassi collem duobus diis dedicasse suspicor, sed ut ab Apolline, quem deum ingenii vocabant, internum animi presidium, a Bacho autem rerum externarum sufficientiam implorarent. In quam sententiam me non modo rerum experientia magistra, sed crebra etiam doctissimorum hominum inclinavit autoritas, quos tibi quidem inculcare non attinet. Ita, quamvis turba deorum ridiculosa sit, hec tamen vatum opinio haud prorsus insensata est; quam ego, si ad unum retulerim Deum, a quo omnis oportuna subventio est, non me delirare quidem arbitrator, nisi tibi aliter videatur.

Aug. Ego ita esse non nego, sed quod tempus tam inique partiaris indignor. Universam enim etatem tuam honestis olim curis destinaveras; sic, quid in aliis coactus expenderes, id tempus perditum iudicabas; nunc vero tantum honestati tribuis, quantum tibi reliquum fecit avaritie studium. Quis non ad etatem provectiorem pervenisse cupiat, que sic consilia hominum alternat? Sed quis erit finis aut quis modus? Prefige tibi metam, ad quam cum perveneris subsistes et aliquando respires. Scis illud humano ore prolatum oraculi vim habere:

semper avarus eget; certum voto pete finem.

Quis autem cupiditatibus tuis erit finis?

Fr. Nec egere, nec abundare; nec preesse nec subesse aliis, finis est meus.

Aug. Humanitatem exuas oportet et deus fias, ut tibi non egere contingat. An ignoras ex cuntis animalibus egentissimum esse hominem?

Fr. Audieram sepissime, sed integrari memoriam velim.

Aug. Aspice nudum et informem inter vagitus et lacrimas nascentem, exiguo lacte solandum, tremulum atque reptantem, opis indigum aliene, quem muta pascunt animalia et vestiunt; caduci corporis, animi inquieti, morbis obsessum variis, subiectum passionibus innumeris, consilii inopem, alterna letitia et tristitia fluctuantem, impotentem arbitrii, appetitus cohibere nescium; quid quantum ve sibi expediat, quis cibo potuique modus ignorantem; cui alimenta corporis, ceteris animalibus in aperto posita, multo labore conquerenda sunt; quem somnus inflat, cibus distendit, potus precipitat, vigilie extenuant, fames contrahit, sitis arefacit; avidum timidumque, fastidientem possessa, perdita deplorantem et presentibus simul et preteritis et futuris anxium; superbientem inter miserias suas et fragilitatis sibi conscium; vilissimis vermibus imparem, vite brevis, etatis ambigue, fati inevitabilis, ac mille generibus mortis expositum.

Fr. Coacervasti miserias infinitas atque egestates, ut pene iam me hominem natum esse peniteat.

Aug. In hac tanta hominum imbecillitate tantaque penuria, tu tibi copiam ac potentiam auspicaris, que nullis Cesaribus nullisque unquam regibus perfecta contigerit.

Fr. Quisnam his vocabulis usus est? quis seu copiam seu potentiam nominavit?

Aug. At que maior copia quam non egere? que maior potentia quam non subesse? Profecto enim reges dominique terrarum, quos opulentissimos reris, innumerabilibus rebus egent. Ipsi quoque duces exercituum, quibus preesse videntur subsunt et, ab armatis legionibus obsessi, per quas metuuntur, vicissim metuant oportet. Desine iam impossibilia sperare et, humana sorte contentus, abundare et egere, preesse pariter et subesse condiscas; neu, his moribus degens, fortune iugum, quo colla regum premuntur, excutias; quod tum demum excidisse tibi noveris, cum, calcatis passionibus humanis, totus sub virtutis imperium concesseris, liber illic futurus, nulla egens re, nulli subiectus hominum, denique rex et vere potens absoluteque felix.

Fr. Iam piget incepti, cupioque nichil cupere; sed consuetudine rapior perversa sentioque inexpletum quiddam in precordiis meis semper.

Aug. Hoc est, ut propositum spectet oratio, hoc est quod te a cogitatione mortis avertit, dum terrenis solicitudinibus implicitus oculos ad altiora non erigis. Quas quidem velut pestiferas animorum sarcinas, siquid michi credis, abicies; nec abiecisse labor magnus fuerit, modo te ad naturam tuam composueris, eique potius quam vulgi furiis te vehendum regendumque commiseris.

Fr. Fiet id quidem me volente. Sed quod de ambitione loqui ceperas, iam pridem audire desidero.

Aug. Quid a me expetis, quod ipse tibi prestare potes? Pectus tuum examina; reperies inter pestes ceteras non minimum ambitioni locum.

Fr. Nichil ergo michi profuit urbes fugisse, dum licuit, populosque et actus pubblicos despexisse, silvarum recessus et silentia rura secutum odium ventosis honoribus indixisse: adhuc ambitionis insimulor!

Aug. Multa linquitis, mortales, non quia contemnitis, sed quia desperatis posse consequi. Excitant enim se alternis stimulis spes et desiderium, usque adeo ut altera frigescente tepescat alterum, et recalente referveat.

Fr. Quid, oro, me sperare prohibebat? adeo ne cunte bone artes deerant ?

Aug. De bonis artibus sileo, at ille deerant profecto, quibus hodie presertim ad altos gradus ascenditur: ambiendi scilicet magnorum limina; blandiendi, fallendi, promittendi, mentiendi, simulandi dissimulandique; gravia et indigna quelibet patiendi. Harum et similium egenus artium, nec naturam vinci posse ratus, ad alia studia transivisti: caute quidem et prudenter. «Quid est enim aliud» ut ait Cicero «gigantum more pugnare cum diis, nisi nature repugnare?»

Fr. Valeant magni honores, si his artibus acquiruntur.

Aug. Bene ais. Non tamen ideo prorsus in auribus meis tuam innocentiam comprobasti; neque enim honores te non optasse concludis, tametsi querendi molestiam perhorrescas; sicut nec Romam vidisse contempsit, quisquis viarum labores perterritus pedes retulit ab incepto. Adde quod nec pedem retulisti, ut tibi ipse persuades michique persuadere niteris. Neu te, ut aiunt, digito contexeris; quicquid cogitas, quicquid agis, ante oculos est. Et quod fuga urbium silvarumque cupidine gloriaris, non excusationem sed culpe mutationem arguit. Multis namque viis ad unum terminum pervenitur; et tu, michi crede, licet calcatam vulgo deserueris viam, tamen ad eandem, quam sprevisse te dicis, ambitionem obliquo calle contendis; ad quam otium, solitudo, incuriositas tanta rerum humanarum, atque ista tua te perducunt studia quorum usque nunc finis est gloria.

Fr. Ad angulum urges me, unde possem licet subterfugere. Quia tamen tempus breve est et in multa dispartiendum, si libet progrediamur ad reliqua.

Aug. Sequere igitur precedentem. Gule nulla fit mentio, cuius studio nullatenus tenereris, nisi, voluptati favens nonnunquam amicorum, blandior convictus obreperet. Veruntamen nichil hinc metuo; quotiens enim urbibus ereptum rus suum recuperavit incolam, omnes repente diffugiunt insidie talium voluptatum. Quibus amotis, ita te viventem fateor animadverti ut et proprios et comunes annos supergressa sobrietate ac modestia delectarer. Iram quoque pretervehor, qua etsi sepe iusto magis exardeas, confestim tamen nature bonitate mitigabilis compescere motus animi soles, memor horatiani consilii:

ira furor brevis est, animum rege; qui, nisi paret,

imperat; hunc vinclis, hunc tu compesce cathena.

Fr. Aliquantulum michi, fateor, et poeticum hoc et plurima huius generis philosophorum consilia profuerunt, atque in primis evi brevis recordatio. Que enim rabies pauculos dies, quos inter homines agimus, in hominum odium perniciemque consumere? Aderit ecce dies ultima que has flammas in pectoribus humanis extinguat, et finem positura odiis et, si inimico nichil gravius morte optamus, iniquissimi voti compotes factura. Itaque quid se quid alios precipitare iuvat? quid optimas partes brevissimi temporis amittere; et vel presentibus honestis gaudiis vel future vite consiliis deputatos dies, vix suffecturos ad singula, summa licet cum parsimonia dispensantis, auferre necessariis ac propriis usibus, inque alienam pariter et nostram tristitiam mortemque convertere? Verum hec michi meditatio eousque profuit, ut impulsus non totus ruerem et, si corruissem, exurgerem. Ne ullis autem iracundie flatibus agitarer, nullum michi hactenus studium prestare quivit.

Aug. At quia nullum, ex huiusce flatibus aut tibi aut alteri vereor naufragium, facile patiar, ut si stoicorum promissa non attingis, qui morbos animorum radicitus se vulsuros spondent, sis in hac re perypateticorum mitigatione contentus. His igitur in presens omissis, ad periculosiora et tibi multo diligentius providenda festino.

Fr. Deus bone, quid adhuc periculosius restat?

Aug. Quantis luxurie flammis incenderis?

Fr. Tantis equidem interdum, ut graviter doleam, quod non insensibilis natus sim. Immobile saxum aliquod esse maluerim, quam tam multis corporis mei motibus turbari.

Aug. Habes igitur quod te vel maxime ab omni divinorum cogitatione dimoveat. Quid enim aliud celestis doctrina Platonis admonet, nisi animum a libidinibus corporeis arcendum et eradenda fantasmata, ut ad pervidenda divinitatis archana, cui proprie mortalitatis annexa cogitatio est, purus expeditusque consurgat? Scis quid loquor, et hec ex Platonis libris tibi familiariter nota sunt, quibus avidissime nuper incubuisse diceris.

Fr. Incubueram, fateor, alacri spe et magno desiderio; sed peregrine lingue novitas et festinata preceptoris absentia preciderunt propositum meum. Ceterum ista michi, quam memoras, discipline et ex scriptis tuis et ex aliorum platonicorum relatione notissima est.

Aug. Haud refert quo verum monstrante didiceris; quamvis multum sepe prosit autoritas.

Fr. Apud me presertim hominis illius, de quo alte michi quidem insedit illud Ciceronis in Tusculano. «Plato» inquit «etsi rationem nullam afferret (vide quid homini tribuo), ipsa autoritate me frangeret.» Michi autem sepe divinum illud ingenium cogitanti, iniuriosum videretur si, cum ducem suum «analogistam» faciat pithagoreum vulgus, reddende rationi foret obnoxius Plato. Sed, ne a proposito longius eam, Platonis hanc sententiam michi pridem adeo et autoritas et ratio et experientia commandant, ut nichil verius nichilque sanctius dici posse non dubitem. Ita enim interdum, Deo manum porrigente, surrexi ut incredibili quadam et immensa cum dulcedine quid michi tunc prodesset, quid ve antea nocuisset, agnoscerem; et nunc meo pondere in antiquas miserias relapsus, quid me iterum perdiderit cum amarissimo gustu mentis experior. Quod idcirco retuli, ne forte mirareris huius me platonici dogmatis experientiam profiteri.

Aug. Non miror equidem! Laboribus enim tuis interfui et cadentem et resurgentem vidi, et nunc prostratum miseratus opem ferre disposui.

Fr. Gratias ago tam misericordis affectus. Quid autem opis superest humane?

Aug. Nichil, at divine plurimum. Continens equidem, nisi cui Deus dederit, esse non potest. Ab Eo igitur munus hoc in primis humiliter et sepe cum lacrimis postulandum est. Solet ille que rite poscuntur non negare.

Fr. Feci tam sepe ut pene iam sibi molestus esse verear.

Aug. At non satis humiliter, non satis sobrie. Semper aliquid loci venturis cupiditatibus reservasti; semper in longum preces extendisti. Expertus loquor; hoc et michi contigit. Dicebam: - Da michi castitatem, sed noli modo; differ paululum. Statim veniet tempus; virentior adhuc etas suis eat semitis, suis utatur legibus. Turpius ad juvenilia ista rediretur; tunc igitur abeundum erit cum et minus ad hec habilis decursu temporum factus fuero, et satietas voluptatum metum regressionis abstulerit. - Hec dicens, aliud te velle, aliud precari non intelligis?

Fr. Quonam modo?

Aug. Quia qui in diem poscit in presens negligit.

Fr. Ego in presens sepe cum lacrimis poposci, sperans simul et illud eventurum ut, effractis cupiditatum laqueis et calcatis vite miseriis, salvus evaderem, et velut in aliquem salutarem portum ex tam multis curarum inutilium tempestatibus enatarem. At quotiens postea inter eosdem scopulos naufragium passus sim, quotiensque, si destituor, passurus intelligis.

Aug. Crede michi: aliquid semper defuit oranti, alioquin, vel annuisset Largitor ille supremus, vel, quod Paulo fecit apostolo, ad perfectionem virtutis et infirmitatis experientiam denegasset.

Fr. Credo ita esse; precabor tamen assidue, nec fatigabor, nec erubescam, nec desperabo, si forte miseratus Omnipotens labores meos aurem precibus quotidianis accommodet, et quibus si iuste fuissent gratiam non negasset, idem ipse iustificet.

Aug. Consulte! Tu tamen enitere et, quod prostrati solent, in cubitum erectus ingruentia mala circumspice, ne ad repentinum cuiuslibet molis incursum iacentia membra dissiliant, nec segnius interim opem attollere valentis implora. Aderit ille tunc forsitan, cum abesse credideris. Unum semper ante oculos habeto Platonis superiorem illam haud spernendam esse sententiam: ab agnitione divinitatis nil magis quam appetitus carnales et inflammatam obstare libidinem. Hanc igitur doctrinam assidue tecum versa. Hec nostri consilii summa est.

Fr. Ut intelligas me hanc adamasse sententiam, non modo in atriis suis sedentem, sed peregrinis etiam nemoribus latitantem avidissime complexus sum; ac locum animo notavi ubi illa oculis meis occurrerat.

Aug. Quid dicere velis expecto.

Fr. Scis Virgilius virum fortem per quot pericula in illa suprema et horrenda troiani excidii nocte circumduxerit.

Aug. Scio. Quid enim scolis omnibus vulgatius? Ipsum quoque casus suos renarrantem facit:

Quis cladem illius noctis, quis funera fando

explicet aut possit lacrimis equare labores?

Urbs antiqua ruit multos dominata per annos;

plurima perque vias sternuntur inertia passim

corpora, perque domos et religiosa domorum

limina; nec soli penas dant sanguine Teucri;

quondam etiam victis redit in precordia virtus,

victoresque cadunt Danai, crudelis ubique luctus,

ubique pavor et plurima mortis imago.

Fr. Atqui quam diu Venere comitante inter hostes et incendium erravit, apertis licet oculis, offensorum iram numinum videre non potuit, eaque illum alloquente, nil nisi terrenum intellexit. At, postquam illa discessit, quid evenerit nosti; siquidem mox iratas deorum facies eum vidisse subsequitur, et omne circumstans periclum agnovisse:

apparent dire facies inimicaque Troie

numina magna deum.

Ex quibus hoc excerpsi: usum Veneris conspectum divinitatis eripere.

Aug. Preclare lucem sub nubibus invenisti. Sic nempe poeticis inest veritas figmentis, tenuissimis rimulis adeunda. Sed quoniam rursus ad ista redeundum est, que restant ad ultimum reservemus.

Fr. Ne ignotis me tramitibus agas, quonam te rediturum polliceris?

Aug. Maxima tue mentis vulnera nondum attigi, et consulto dilata res est, ut novissime posita hereant memorie. In illorum altero appetituum carnalium, de quibus aliqua diximus, cumulatior aderit materia.

Fr. Progredere iam ut libet.

Aug. Nisi impudenti pertinacia sis, nulla deinceps superest contentio.

Fr. Nichil gratius videre possem, quam omnem contentionum causam ablatam ex orbe terrarum. Nichil denique tam clare michi cognitum fuit unquam, ut de eo non invitus altercarer; quod inter amicos licet orta contentio, asperum quiddam et hostile et amicitiarum moribus adversum habet. Sed perge ad hec quibus me statim assensurum putas.

Aug. Habet te funesta quedam pestis animi, quam accidiam moderni, veteres egritudinem dixerunt.

Fr. Ipsum morbi nomen horreo.

Aug. Nimirum, diu per hunc graviterque vexatus es.

Fr. Fateor, et illud accedit quod omnibus ferme quibus angor, aliquid, licet falsi, dulcoris immixtum est; in hac autem tristitia et aspera et misera et horrenda omnia, apertaque semper ad desperationem via et quicquid infelices animas urget in interitum. Ad hec, et reliquarum passionum ut crebros sic breves et momentaneos experior insultus; hec autem pestis tam tenaciter me arripit interdum, ut integros dies noctesque illigatum torqueat, quod michi tempus non lucis aut vite, sed tartaree noctis et acerbissime mortis instar est. Et (qui supremus miseriarum cumulus dici potest) sic lacrimis et doloribus pascor, atra quadam eum voluptate, ut invitus avellar.

Aug. Morbum tuum nosti optime; modo causam nosces. Dic ergo: quid est quod te adeo contristat? Temporalium ne discursus, an corporis dolor, an aliqua fortune durioris iniuria?

Fr. Non unum horum aliquod per se tam validum foret. Si singulari certamine tentarer, starem utique; nunc autem toto subruor exercitu.

Aug. Distinctius, quid te urgeat, eloquere.

Fr. Quotiens unum aliquod fortune vulnus infligitur, persisto interritus, memorans sepe me ab ea graviter perculsum abiisse victorem. Si mox illa vulnus ingeminet, titubare parumper incipio; quod si duobus tertium quartum ve successerit, tunc coactus non quidem fuga precipiti, sed pede sensim relato in arcem rationis evado. Illic si toto circum agmine incubuerit fortuna, meque ad expugnandum conditionis humane miserias et laborum preteritorum memoriam futurorumque formidinem congesserit, tum demum pulsatus undique et tantam malorum congeriem perhorrescens ingemisco. Hinc dolor ille gravis oritur. Veluti siquis ab innumeris hostibus circumclusus, cui nullus pateat egressus, nulla sit misericordie spes nullumque solatium, sed infesta omnia, erecte machine, defossi sub terram cuniculi: tremuntque iam turres, stant scale propugnaculis admote, herent menibus vinee et ignis tabulata percurrit. Undique fulgentes gladios, minantesque vultus hostium cernens vicinumque cogitans excidium, quidni paveat et luceat, quando, his licet cessantibus, ipsa libertatis amissio viris fortibus mestissima est?

Aug, Quanquam confusius ista percurreris, intelligo tamen opinionem tibi perversam causam esse malorum omnium, que innumerabiles olim stravit sternetque. Male tibi esse arbitraris?

Fr. lmo vero pessime.

Aug. Quam ob causam?

Fr. Non unam quidem sed innumeras.

Aug. Idem tibi accidit, quod his qui ob levissimam quamlibet offensam in memoriam redeunt veterum simultatum.

Fr. Nullum in me adeo vetustum vulnus ut oblivione deletum sit; recentia sunt cunta que cruciant. Et siquid tempore potuisset aboleri, tam crebro locum repetiit fortuna, ut hians vulnus nulla unquam cicatrix astrinxerit. Accedit et humane conditionis odium atque contemptus, quibus omnibus oppressus non mestissimus esse non valeo. Hanc sive egritudinem, sive accidiam, sive quid aliud esse diffinis haud magnifacio; ipsa de re convenit.

Aug. Quoniam, ut video, altis radicibus morbus innititur, superficietenus hunc sustulisse non sufficiet: repullulabit etenim celeriter; radicitus evellendus est; unde autem incipiam incertus sum, tam multa me tenent. Sed ut facilior sit distincti operis effectus, discurram per singula. Dic ergo: quid in primis tibi molestum putas?

Fr. Quicquid primum video, quicquid audio, quicquid sentio.

Aug. Pape! Nil ne tibi placet ex omnibus?

Fr. Aut nichil aut perpauca quidem.

Aug. Utinam saltem salubriora delectent! Sed quid apprime displicet? Responde michi, queso.

Fr. Iam respondi.

Aug. Totum est hoc eius quam dixi accidie. Tua omnia tibi displicent.

Fr. Aliena non minus.

Aug. Et hoc ex eodem fonte procedit. Ut vero aliquis dicendorum ordo sit: adeo ne tibi tua displicent, ut ais?

Fr. Desine questiunculis quatere: plus etiam quam dici posset.

Aug. Ergo illa tibi sordescunt, que multis aliis invidiosum faciunt.

Fr. Qui misero invidet, necesse est sit ipse miserrimus.

Aug. Quid autem magis displicet ex omnibus?

Fr. Nescio.

Aug. Quid? si ego dinumerem fateberis ne?

Fr. Fatebor ingenue.

Aug. Fortune tue iratus es.

Fr. Quidni oderim superbam violentam cecam et mortalia hec sine discretione volventem?

Aug. De comunibus pubblica est querela: nunc proprias persequamur iniurias. Quid si iniuste conquereris? Velles ne in gratiam reverti ?

Fr. Difficillima quidem persuasio; si tamen id michi monstraveris, conquiescam.

Aug. Parcius agere tecum extimas fortunam.

Fr. Imo avarissime, imo iniquissime, imo superbissime, imo crudelissime.

Aug. Non unus est apud comicum poetam Querulus, innumerabiles sunt. Tu quoque adhuc unus ex multis es. Mallem ex paucis. Ceterum, quia adeo trita materia est ut vix novi quicquam possit afferri, pateris ne morbo veteri vetus remedium adhiberi?

Fr. Ut libet.

Aug. Age ergo: famem ne an sitim frigus ve perpeti compulit paupertas?

Fr. Nondum eousque fortuna sevit mea.

Aug. At quam multis ista cotidiana sunt.

Fr. Aliud adhibe remedium, si potes; me quoniam ista nil adiuvant. Non ex illis sum, quos in malis suis calamitosorum et circumlugentium delectat exercitus; nec minus interdum alienis quam propriis miseriis ingemisco.

Aug. Nec ego ut delectet, sed ut soletur especto, doceatque alienas cernentem fortunas suis esse contentum. Neque enim omnes primum tenere locum possunt; alioquin quomodo primus erit nisi quem secundus sequitur? Bene vobiscum agitur, mortales, si non in extrema reiecti, de tam multis fortune ludibriis tantum mediocria pertulistis: quanquam et extrema perpessis, suis quibusdam acrioribus remediis succurrendum est, quibus in presens eges minime, mediocri lesus asperitate fortune. Sed hoc est quod vos in has precipitat erumnas: proprie quilibet sortis oblitus supremum mente locum agitat, quem quoniam, ut dixi, nequeunt omnes apprehendere, elusis conatibus subit indignatio. Quod si summi status miserias agnoscerent homines, quem exoptant perhorrescerent; idque illorum probatur testimonio, quos ad summa rerum fastigia multis laboribus evectos vidimus et votorum mox suorum nimis facilem exitum exsecrantes. Quod, etsi omnibus notum esse debeat, tibi tamen precipue, cui longa experientia persuasum es omnem status altissimi laboriosam atque solicitam et prorsus miserabilem esse fortunam. Ita fit ut nullus querimoniis gradus vacet, dum et optata consecuti et repulsi iustam lamentandi causam pre se ferunt: illi se deceptos hi se neglectos extimant. Sequere igitur Senece consilium: «Cum aspexeris quot te antecedant, cogita quot sequantur. Si vis gratus esse adversus deum et adversus vitam tuam, cogita quam multos antecesseris»; et ut eodem loco ait idem: «finem constitue, quem transire ne possis quidem si velis».

Fr. Constitui pridem desideriis meis finem certum et, nisi fallor, modestissimum; at inter procaces impudentesque seculi mei mores, quis modestie locus est? Secordiam atque segnitiem vocant.

Aug. Potens ne igitur est animi tui statum vulgaris aura convellere, que nunquam rectum iudicat, nunquam res suis nominibus vocat? At illam, si rite recolo, spernere solebas.

Fr. Nunquam, michi crede, magis sprevi; non pluris facio quid de me vulgus extimet, quam quid brutorum greges animantium.

Aug. Quid ergo?

Fr. Moleste fero quod, cum nullus ex coetaneis meis, quem ego noverim, modestiora concupiverit, nemo difficilius ad concupita provectus est. Summum nempe nunquam me locum exoptasse, testis hec nostra simul et omnium spectatrix; que, cogitationes meas semper introspiciens, novit, quotiens humani more ingenii per omnes statuum gradus mente discurrerem, nunquam tranquillitatem illam ac serenitatem animi, quam rebus omnibus preferendam arbitror, in supremo fortune culmine positam agnovisse; ideoque curarum ac solicitudinum refertam vitam exhorrentem, mediocria sobrio semper iudicio pretulisse, nec verbo solum sed mente etiam horatianum illud approbasse:

> *auream quisquis mediocritatem*
>
> *diligit tutus caret obsoleti*
>
> *sordibus tecti, caret invidenda*
>
> *sobrius aula*

Nec michi minus ratio placuit quam dictum:

> *sepius ventis agitatur ingens*
>
> *pinus; excelse graviore casu*
>
> *decidunt turres, feriuntque summas*
>
> *fulgura montes.*

Hanc profecto mediocritatem nunquam michi contigisse doleo.

Aug. Quid, si que putas mediocria supra te sunt? quid, si vera mediocritas iam pridem contigit? quid, si abunde contigit? quid, si illam longe post tergum reliquisti, et multo pluribus invidie quam contemptus materiam prebeas?

Fr. Etsi ita esset, michi tamen contrarium videtur.

Aug. Perversam opinionem malorum omnium sed huius precipue causam esse non ambigitur. Ab hac igitur Caribdi omni, ut ait Tullius, remorum ac velorum auxilio fugiendum est.

Fr. Unde me fugere, quo ve proram tendere, quid denique opinari iubes, nisi quod video?

Aug. Vides ubi oculos intendisti; at si retro respicias, videbis innumerabilem turbam sequi, teque primo agmini aliquanto proximiorem esse quam ultimo. Sed tumor animi rigorque propositi non permittunt oculos in tergum flectere.

Fr. Deflexi tamen interdum multosque post me venire perpendi; neque sortis mee pudet, sed curarum piget ac penitet tantarum; quod, ut eiusdem Horatii verbo utar,

fluitem dubie spe pendulus hore.

Si hec anxietas tollatur, quantum habeo abunde sufficiat, dicamque equanimiter, quod eodem loco ait idem:

Quid credis, amice, precari?

sit michi quod nunc est, etiam minus, et michi vivam

quod superest evi, siquid superesse volunt di.

Ego vero semper dubius futuri, semper animo suspensus, nullam ex fortune muneribus dulcedinem capio. Ad hec ut vides, hactenus aliis vivo, quod miserrimum ex omnibus est. Atque utinam vel senectutis michi reliquie contingant ut, qui procellosos inter fluctus vixerim, moriar in portu.

Aug. Tu ne igitur in tanto rerum humanarum turbine, tanta varietate successuum, tantaque caligine futurorum et, ut breviter dicam, sub imperio positus Fortune, solus ex cuntis hominum milibus curarum vacuam etatem ages? Vide quid cupias, mortalis; vide quid postules! Quod vero non tibi te vixisse conquereris, non inopie sed servitutis est; quam licet, ut tu idem asseris, miserrimam esse confitear, tamen, si circumspicis, paucissimos hominum sibi vixisse reperies. Nam et hi qui putantur felicissimi et quibus innumerabiles vivunt, se ipsos simul aliis vivere, vigiliarum et laborum assiduitate testantur. Quid enim? Ut supremo te commonefaciam exemplo, Iulius Cesar, cuius illud verum licet arrogans dictum est, «humanum paucis genus vivit», nunquid postquam eo genus redegerat humanum ut sibi uni viveret, ipse interim aliis vivebat? Interrogabis fortasse: Quibus? - His nimirium a quibus occisus est: D. Bruto, T. Cimbro ceterisque perfide coniurationis auctoribus, quorum cupiditates explere non valuit tanti munificentia largitoris.

Fr. Movisti animum fateor, ut iam nec servum me nec inopem indigner.

Aug. Indignare potius te non esse sapientem, quod unum et libertatem et veras divitias prestare potuisset. Ceterum quisquis causarum absentiam equo ferens animo effectus non adesse conqueritur, nec causarum certam tenet ille rationem nec effectuum. Exequere autem nunc quid te premit, preter hec que dicta sunt. Corporis ne fragilitas an latens molestia ?

Fr. Nempe corpus hoc onerosum michi semper fuit quotiens me ipsum contemplatus sum; at cum alienorum gravedinem corporum respexi, satis obediens me mancipium habere fateor. Possem idem utinam et de animo gloriari: sed ille imperat.

Aug. Utinam rationis ipse subditus imperio! Sed ad corpus redeo. Quid in eo molestum experiris?

Fr. Nichil equidem, nisi comunia quedam: quod mortale est, quod suis me doloribus implicat, mole pregravat, somnum suadet spiritu vigilante, aliisque me necessitatibus subigit humanis, quas enumerare et longum et inamenum est.

Aug. Compone animum, precor, teque hominem natum esse recordare; illicet anxietas ista cessaverit. Siquid preter hoc angit, exequere.

Fr. Illa ne tibi inaudita est Fortune novercantis immanitas, cum uno die me spesque et opes meas omnes et genus et domum impulsu stravit impio?

Aug. Video oculorum tuorum scatebras, ideoque pretereo: neque enim nunc docendus, sed monendus es. Unum igitur hoc admonuisse sufficiet: si enim non privatarum modo familiarum sed notissimas tibi regnorum ex omnibus seculis recoles ruinas, nonnichil tibi tragediarum lectio profuerit ut non pudeat tuguriolum tuum cum tot regiis edibus conflagrasse. Procede modo: hec enim parcius dicta spatiosius tibi ruminanda servabis.

Fr. Quis vite mee tedia et quotidianum fastidium sufficienter exprimat, mestissimam turbulentissimamque urbem terrarum omnium, angustissimam atque ultimam sentinam et totius orbis sordibus exundantem? Quis verbis equet que passim nauseam concitant: graveolentes semitas, permixtas rabidis canibus obscenas sues, et rotarum muros quatientium stridorem aut transversas obliquis itineribus quadrigas; tam diversas hominum species, tot horrenda mendicantium spetacula, tot divitum furores: illos mestitia defixos, hos gaudio lasciviaque fluitantes; tam denique discordantes animos, artesque tam varias, tantum confusis vocibus clamorem, et populi inter se arietantis incursum? Que omnia et sensus melioribus assuetos conficiunt et generosis animis eripiunt quietem et studia bonarum artium interpellant. Ita me Deus ex hoc naufragio puppe liberet illesa, ut ego sepe circumspiciens in infernum vivens descendisse michi videor. I nunc, et boni aliquid tecum age. I nunc, et honestis cogitationibus incumbe!

I nunc et versus tecum compone canoros.

Aug. Hic me Flacci versiculus quid potissimum lamenteris admonuit. Doles quod importunum studiis tuis locum nactus es; quoniam, ut ait idem:

scriptorum chorus omnis amat nemus et fugit urbes.

Tuque ipse in epystola quadam eandem sententiam verbis aliis expressisti:

silva placet Musis, urbs est inimica poetis.

Quod si unquam intestinus tumultus tue mentis conquiesceret, fragor iste circumtonans, michi crede, sensus quidem pulsaret, sed animum non moveret. Ac ne nota pridem auribus tuis ingeram, habes Senece de hac re non inutilem epystolam; habes et librum eiusdem De Tranquillitate animi; habes et de tota hac mentis egritudine tollenda librum M. Ciceronis egregium, quem ex tertie diei disputationibus in Tusculano suo habitis ad Brutum scripsit.

Fr. Singula hec haud negligenter legisse me noveris.

Aug. Quid ergo? nichil ne profuerunt?

Fr. Imo vero inter legendo plurimum; libro autem e manibus elapso assensio simul omnis intercidit.

Aug. Comunis legentium mos est, ex quo monstrum illud execrabile, literatorum passim flagitiosissimos errare greges et de arte vivendi, multa licet in scolis disputentur, in actum pauca converti. Tu vero, si suis locis notas certas impresseris, fructum ex lectione percipies.

Fr. Quas notas?

Aug. Quotiens legenti salutares se se offerunt sententie, quibus vel excitari sentis animum vel frenari, noli viribus ingenii fidere, sed illas in memorie penetralibus absconde multoque studio tibi familiares effice; ut, quod experti solent medici, quocunque loco vel tempore dilationis impatiens morbus invaserit, habeas velut in animo conscripta remedia. Sunt enim quedam sicut in corporibus humanis sic in animis passiones, in quibus tam mortifera mora est ut, qui distulerit medelam, spem salutis abstulerit. Quis enim ignorat, exempli gratia, esse quosdam motus tam precipites ut, nisi eos in ipsis exordiis ratio frenaverit, animum corpusque et totum hominem perdant, et serum sit quicquid post tempus apponitur? In quibus primum obtinere locum reor iram, cui non frustra rationis sedem superpositam esse diffiniunt hi, qui in tres partes animam diviserunt: rationem in capite velut in arce, iram in pectore, concupiscentiam subter precordia collocantes, ut scilicet presto sit, que subiectarum pestium violentes impetus repente coerceat, et ex alto velut receptui canat. Quod frenum, quia ire magis necessarium erat, illi vicinior sita est.

Fr. Consulte quidem; quod ut me non tantum ex philosophicis sed ex poeticis etiam scripturis elicuisse pervideas, per illam ventorum rabiem, quam Maro describit, speluncis abditis latitantem superiectosque montes et regem in arce sedentem atque illos imperio mitigantem, iram atque impetus animi posse denotari mecum sepe cogitavi: in profundo scilicet pectoris deferventes qui, nisi coerceantur rationis freno, ut ibidem legitur,

. . . maria ac terras celumque profundum

quippe ferant rapidi secum verrantque per auras.

Per terras enim, quid nisi terrenam corporis materiam; per maria quid nisi humorem quo vivitur, per celum vero profundum, quid nisi interiore loco habitantem animam dedit intelligi, cuius, ut alio loco ait idem,

igneus est illis visor et celestas origo?

quasi diceret corpus atque animam et breviter totum hominem dominabuntur, in precipitium agent. Ex adverso autem montes regemque presidentem, quid nisi capitis arcem et rationem esse, que illic inhabitat? Sic enim ait:

Hic vasto rex Eolus antro

luctantes ventos tempestatesque sonoras

imperio premit, et vinclis ac carcere frenat.

Illi indignantes magno cum murmure montis

circum claustra fremunt; summa sedet Eolus arce

sceptra tenens.

Hec ille. Ego autem, singula verba discutiens, audivi indignationem, audivi luctamen, audivi tempestates sonoras, audivi murmur ac fremitum. Hec ad iram referri possunt. Audivi rursum regem in arce sedentem, audivi sceptrum tenentem, audivi imperio prementem et vinclis ac carcere frenantem; que ad rationem quoque referri posse quis dubitet? Attamen, ut de animo atque ira animum turbante dici omnia constaret, vide quid addidit:

mollitque animos et temperat iras.

Aug. Laudo hec, quibus abundare te video, poetice narrationis archana. Sive enim id Virgilius ipse sensit, dum scriberet, sive ab omni tali consideratione remotissimus, maritimam his versibus et nil aliud describere voluit tempestatem; hoc tamen, quod de irarum impetu et rationis imperio dixisti, facete satis et proprie dictum puto. Sed, ut unde discesseram revertar, et adversus iram et adversus reliquos motus precipueque adversus hanc, de qua multa iam diu loquimur, pestem, aliquid semper excogita; quod cum intenta tibi ex lectione contigerit, imprime sententiis utilibus (ut incipiens dixeram) certas notas, quibus velut uncis memoria volentes abire contineas. Hoc equidem presidio consistes immobilis cum adversus cetera tum contra animi tristitiam, que umbra velut pestilentissima virtutum semina et omnes ingeniorum fructus enecat; in qua postremo, ut eleganter ait Tullius, fons est et caput miseriarum omnium. Profecto autem si alios teque simul diligenter excusseris, omisso quod nullus hominum est, cui non multe sint lugendi cause, omisso preterea quod delictorum tuorum recordatio iure mestum et solicitum (quod unum mestitie genus salutare est modo desperatio non subrepat) multa tibi divinitus concessa fateberis, que inter turbas querulorum atque gementium consolandi gaudendique materiam prestare queant. Nam in eo quod tibi nondum te vixisse quereris quod ve tumultus urbium stomacharis, et maximorum hominum similis querela, et illa cogitatio quod tua sponte in hos incideris anfractus tuaque sponte, si omnino velle ceperis, possis emergere, non parvum tibi conferent solamen. Ubi et consuetudo longior profuerit, si strepitum populorum velut cadentis aque sonitum aures tuas edocueris cum delectatione percipere. Id autem, ut dixi, facillime consequeris si tue primum mentis compescueris tumultus; pectus enim serenum et tranquillum frustra vel peregrine circumeunt nubes vel circumtonat externus fragor. Itaque velut insistens sicco litori tutus, aliorum naufragium spectabis et miserabiles fluitantium voces tacitus excipies; quantum ve tibi turbidum spectaculum compassionis attulerit, tantum gaudii afferet proprie sortis, alienis periculis collata, securitas. Ex quibus omnem animi tristitiam te iamiam depositurum esse confido.

Fr. Quanquam multa me vellicent, atque illud in primis quod urbes relinquere quasi rem facilem mei censes arbitrii, tamen, quia in multis me ratione superasti, volo et hic, prius quam deiciar, arma deponere.

Aug. Potes ergo, iam tristitia relegata, cum fortuna tua in gratiam redire ?

Fr. Possum utique, si modo aliquid esset fortuna. Nam ut vides, inter graium et nostrum poetam hac de re tanta dissensio est ut, cum ille fortunam in operibus suis nusquam nominare dignatus sit, quasi nichili eam esse crederet, hic noster et sepe eam nominet et quodam in loco omnipotentem etiam vocet. Cui sententie et historicus ille nobilis favet et orator egregius. Nam et Crispus Salustius dominari profecto ait in re qualibet fortunam; et M. Tullius humanarum rerum dominam asseverare non timuit. Ego autem quid sentiam, aliud forte tempus ac locus alter fuerit dicendi. Quod vero ad inceptum attinet, eousque michi profuit admonitio tua, ut me ipsum cum maiore parte hominum conferenti non tam miser, ut solebat, status meus appareat.

Aug. Gaudeo siquid tibi profui cupioque prodesse cumulatius. Sed quoniam satis hodiernum colloquium processit, pateris ne que restant in diem tertium differri atque ibi finem statui?

Fr. Ego vero numerum ipsum ternarium tota mente complector; non tam quia tres eo Gratie continentur, quam quia divinitati amicissimum esse constat. Quod non tibi solum aliisque vere religionis professoribus persuasum est, quibus est omnis in Trinitate fiducia, sed ipsis etiam gentium philosophis, a quibus traditur uti eos hoc numero in consecrationibus deorum: quod nec Virgilius meus ignorasse videtur ubi ait:

numero Deus impare gaudet.

De ternario enim loqui eum precedentia manifestant. Tertiam igitur deinceps de manibus tuis partem huius tripartiti muneris expecto.

55

EXPLICIT LIBER SECUNDUS

INCIPIT LIBER TERTIUS

Aug. Siquid hactenus sermo tibi meus contulit, oro obtestorque ut te facilem hauriendis que supersunt prebeas, contentiosumque et reluctantem animum deponas.

Fr. Factum puta. Sentio enim me tuis monitis magna solicitudinum mearum parte liberatum, eoque paratior ad reliqua audienda transgredior.

Aug. Nondum intractabilia et infixa visceribus vulnera tua contigi et contingere metuo, recolens quantum altercationis et querelarum levior contactus expresserit. Spero autem ex adverso, collectis viribus, animum fortiorem asperiora deinceps equanimius laturum.

Fr. Nil metuas: iam assuevi et morborum meorum nomen audire et medice manus auxilium pati.

Aug. Duabus adhuc adamantinis dextra levaque premeris cathenis, que nec de morte neque de vita sinunt cogitare. Has semper timui ne te in interitum agerent; necdum quidem securus sum, nec prius ero quam te solutum ac liberum, illis effractis abiectisque, videro. Neque enim reor impossibile, sed profecto difficile; alioquin frustra circa impossibilia versarer. Est autem, ut in adamante frangendo hircinum dicunt, sic in huiuscemodi duritie curarum mollienda sanguis ille mirum in modum efficax, qui, cum cor asperum tetigerit, frangit ac penetrat. Tamen id metuo, quoniam in hac re tuo simul opus est assensu, quem ne prestare possis sive, ut dicam verius, ne velis; multum vereor ne ipse cathenarum circumradians atque oculos mulcens fulgor impediat; neu forte contingat quod eventurum suspicor, si avarus quispiam aureis cathenis vinctus in carcere teneretur: solvi enim vellet, sed cathenas nollet amittere. Tibi autem ea carceris indicta lex est, ut nisi cathenas abieceris solutus esse non possis.

Fr. Hei mi! miserior eram quam putabam! Due ne nunc etiam illaqueant animum cathene quas ego non agnosco?

Aug. Imo vero clarissime, sed, earum pulcritudine delectatus, non cathenas sed divitias arbitraris; evenitque tibi, ut similitudine verser in eadem, non aliter quam siquis aureis manicis atque compedibus tentus, aurum letus aspiceret, sed laqueos non videret. Tu quoque nunc apertis oculis que te vinciunt vides, sed, o cecitas! ipsis ad mortem trahentibus vinculis delectaris, quodque est omnium miserrimum, gloriaris.

Fr. Quenam sunt quas memoras cathene?

Aug. Amor et gloria.

Fr. Proh Superi, quid audio! Has ne tu cathenas vocas, hasque, si patiar, excuties?

Aug. Hoc molior, sed incertus de eventu; relique enim omnes, quibus tenebaris, et fragiliores erant et inameniores; ideoque dum confringerem favisti; he autem nocendo placent ac fallunt specie quadam decoris, ideoque plus negotii subest; reluctaberis enim, ceu te summis bonis spoliare velim. Aggrediar tamen.

Fr. Quando ego talia de te merui, ut speciosissimas michi curas velles eripere, et tenebris damnare perpetuis serenissimam animi mei partem?

Aug. Oh miser! an tibi philosophica illa vox excidit: tum consumatum fore miseriarum cumulum, cum opinionibus falsis persuasio funesta suberescit ita fieri oportere?

Fr. Haudquaquam excidit, sed a proposito remota sententia est. Cur enim non ita fieri oportere arbitrer? Atqui nichil unquam rectius arbitratus sum, nichilque unquam rectius arbitrabor, quam esse hos nobilissimos, quos michi obicis, affectus.

Aug. Segregemus hec tantisper, dum remediis conquirendis inhio ne, dum huc illuc distrahor, fragiliore impetu ferar ad singula. Dic ergo - quoniam prius amoris mentio facta est -: nonne hanc omnium extremam ducis insaniam?

Fr. Nequid veritati subtraham, pro diversitate subiecti amorem vel teterrimam animi passionem vel nobilissimam actionem dici posse censeo.

Aug. Ne res egeat exemplo, aliquod in medium profer.

Fr. Si infamem turpemque mulierem ardeo, insanissimus ardor est; si rarum aliquod specimen virtutis allicit inque illud amandum venerandumque multus sum, quid putas? Nullum ne tam diversis in rebus statuis discrimen? Adeo ne pudor omnis evanuit? Ego vero, ut ex me aliquid loquar, sicut primum grave et infaustum animi pondus extimo, sic secundo vix quicquam reor esse felicius. Quod si tibi forsitan contrarium videtur, suam quisque sententiam sequatur; est enim, ut nosti, opinionum ingens varietas libertasque iudicandi.

Aug. In rebus contrariis opinio diversa; veritas autem una atque eadem semper est.

Fr. Istud quidem ita esse fateor; sed hoc est quod transversos agit: opinionibus antiquis inheremus pertinaciter, nec facile divellimur.

Aug. Utinam tam recte de tota amoris questione sentires, ut de hoc sentis articulo.

Fr. Quid multa? tam recte sentire michi videor, ut contra sentientes insanire non dubitem.

Aug. Inveteratum mendacium pro veritate ducere, noviterque compertam veritatem extimare mendacium, ut omnis rerum autoritas in tempore sita sit, dementia summa est.

Fr. Perdis operam; nulli crediturus sum; succurritque tullianum illud: «Si in hoc erro, libenter erro, neque hunc errorem auferri michi volo, dum vivo.»

Aug. Ille quidem de anime immortalitate loquens opinionem pulcerrimam omnium ac volens quam nichil in ea dubitaret quamque contrarium audire nollet ostendere, huiuscemodi verbis usus est; tu in opinione fedissima atque falsissima iisdem verbis abuteris. Profecto enim etsi mortalis esset anima, immortalem tamen extimare melius foret, errorque ille salutaris videri posset virtutis incutiens amorem; que, quamvis etiam spe premii sublata per se ipsam expetenda sit, desiderium tamen eius proculdubio, proposita anime mortalitate, lentesceret; contraque licet mendax venture vite promissio ad excitandum animos mortalium non inefficax videretur. Tibi vero quid allaturus error iste tuus sit, vides: nempe in omnes animum precipitaturus insanias, ubi pudor et metus et, que frenare solet impetus, ratio omnis ac cognitio veritatis exciderint.

Fr. Dixi iam quod operam perderes; ego enim nichil unquam turpe, imo vero nichil nisi pulcerrimum amasse me recolo.

Aug. Etiam pulcra turpiter amari posse certum est.

Fr. Nec in nominibus certe nec in adverbiis peccavi: desine iam amplius insectari.

Aug. Quid ergo? vis ne, ut phrenetici quidam solent, inter iocos et risum espirare? An animo miserabiliter egrotanti adhuc aliquid remedii adhiberi mavis?

Fr. Non respuo remedium quidem, si me egere mostraveris; bene valentibus autem remediorum inculcatio sepe funesta est.

Aug. Convalescendo tu quidem, quod multis accidit, te graviter egrotasse fateberis.

Fr. Ad postremum sprevisse nequeo, cuius et sepe alias et his presertim proximis diebus sana consilia sum expertus. Perge igitur.

Aug. Primum ergo unam hanc michi tribui veniam velim, si cogente materia, adversus delitias tuas aliquid fortassis invectus fuero. Iam enim hinc prevideo, quam graviter in auribus tuis sonatura sit veritas.

Fr. Antequam incipias, audi paululum. Scis ne de qua loquendum tibi sit?

Aug. Diligenter michi provisa sunt omnia. De muliere mortali sermo nobis instituitur, in qua admiranda colendaque te magnam etatis partem consumpsisse doleo; et in tali ingenio tantam et tam longevam insaniam vehementer admiror.

Fr. Parce convitiis, precor; mulier mortalis erat et Thais et Livia. Ceterum scis ne de ea muliere mentionem tibi exortam, cuius mens terrenarum nescia curarum celestibus desideriis ardet; in cuius aspectu, siquid usquam veri est, divini specimen decoris effulget; cuius mores consumate honestatis exemplar sunt; cuius nec vox nec oculorum vigor mortale aliquid nec incessus hominem representat? Hoc, queso, iterum atque iterum cogita: credo quibus verbis utendum sit intelliges.

Aug. Ah demens! Ita ne flammas animi in sextum decimum annum falsis blanditiis aluisti? Profecto non diutius Italie famosissimus olim hostis incubuit, nec crebriores illa tunc armorum impetus passa est, nec validioribus arsit incendiis, quam tu his temporibus violentissime passionis flammas atque impetus pertulisti. Inventus est tandem qui illum abire compelleret; Hanibalem tuum quis ab his unquam cervici bus avertet, si tu eum exire vetas et, ut tecum maneat, sponte iam servus invitas? Malo proprio delectaris infelix! Atqui cum oculos illos, usque tibi in perniciem placentes, suprema clauserit dies; cum effigiem morte variatam et pallentia membra conspexeris, pudebit animum immortalem caduco applicuisse corpusculo, et que nunc tam pertinaciter astruis, cum rubore recordaberis.

Fr. Avertat Deus omen! Ego ista non videbo.

Aug. Equidem necessario eventura sunt.

Fr. Scio, sed non tam inimica michi sunt sidera, ut nature ordinem in hac morte perturbent. Prius intravi, prius egrediar.

Aug. Meministi, credo, temporis illius quo contrarium timuisti, et quasi iamiam moriture funereum carmen, dictante tristitia, cecinisti.

Fr. Memini certe, sed dolui, et adhuc recolens contremisco; indignabarque me nobiliori velut anime mee parte truncatum, illi esse superstitem que dulcem michi vitam sola sui presentia facebat. Hoc enim carmen illud deflet, quod tunc multo lacrimarum imbre respersum excidit michi; sententiam memini, si verba tenerem.

Aug. Non hec queritur, quantum tibi lacrimarum mors illius formidata quantum ve doloris invexerit; sed hoc agitur ut intelligas que semel concussit posse formidinem reverti; eoque facilius, quod et omnis dies ad mortem propius accedit, et corpus illud egregium, morbis ac crebris partubus exhaustum, multum pristini vigoris amisit.

Fr. Ego quoque et curis gravior et etate provectior factus sum. Itaque illa ad mortem appropinquante precucurri.

Aug. O furor, ex nascendi ordine ordinem mortis arguere! Quid enim allud orba senectus queritur parentum, nisi adolescentium filiorum festinatas mortes? quid annose lugent aliud nutrices nisi infantium suorum anticipatum tempus,

quos dulcis vite exortes et ab ubere raptos

abstulit atra dies et funere mersit acerbo ?

Tibi vero paucorum numerus annorum, quo illam precedis, spem tribuit vanissimam prius te quam furoris tui fomitem esse moriturum; et hunc nature ordinem tibi fingis immobilem.

Fr. Non usque adeo immobilem, ut contrarium fieri posse sim nescius; sed assidue ne id eveniat precor, semperque de eius morte cogitanti succurrit iste versus Ovidii:

tarda sit illa dies, et nostro serior evo.

Aug. Has ineptias amplius audire non valeo. Quid enim, quando premori illam posse non ignoras, quid illa moriente dicturus es?

Fr. Quid dicturus aliud, nisi me presenti calamitate miserrimum, solamen vero ex recordatione transacti temporis habiturum? Rapiant venti tamen ista que loquimur, et spargant augurium procelle.

Aug. O cece, necdum intelligis quanta dementia est sic animum rebus subiecisse mortalibus, que eum et desiderii flammis accendant, nec quietare noverint nec permanere valeant in finem, et crebris motibus quem demulcere pollicentur excrucient?

Fr. Siquid habes efficacius profer; nunquam hoc me sermone terrueris; neque enim, ut tu putas, mortali rei animum addixi; nec me tam corpus noveris amasse quam animam, moribus humana transcendentibus delectatum, quorum exemplo qualiter inter celicolas vivatur, admoneor. Itaque si - quod solo torquet auditu - me prior moriens illa desereret, quid agerem interrogas? Cum Lelio, romanorum sapientissimo, proprias miserias consolarer: «Virtutem illius amavi, que extincta non est». Hec dicerem, atque alia que illum dixisse audio post eius interitum, quem miro quodam amore dilexerat.

Aug. Inexpugnabili erroris arce consistis, unde te deicere non otiosus labor est. Et quoniam ita te affectum video, ut multo patientius auditurus sis quicquid de te, quam quod de ipsa liberius dicetur; mulierculam tuam quantalibet laude cumules licebit; nichil enim adversabor: sit regina, sit sancta, sit

dea certe

an Phebi soror, an nimpharum sanguinis una.

Ingens tamen eius virtus minimum tibi ad excusationem erroris conferet.

Fr. Quid novi litigii ordiaris opperior.

Aug. Dubitari non potest, quin pulcerrima sepe turpiter amentur.

Fr. Iam ad hec supra responsum est. Si enim amoris in me regnantis facies cerni posset, eius vultui, quam licet multum tamen debito parcius laudavi, non absimilis videretur. Hec michi, coram qua loquimur, testis est, quod in amore meo nichil unquan turpe, nichil obscenum fuerit, nichil denique, preter magnitudinem, culpabile. Adice modum; nichil pulcrius excogitari queat.

Aug. Possum tibi tulliano verbo respondere: «modum tu queris vitio».

Fr. Non vitio sed amori.

Aug. Et ille, cum id diceret, de amore loquebatur. Locum tenes?

Fr. Quidni? In Tusculano id legi. Verum ille de comuni amore hominum sentiebat; in me autem singularia quedam sunt.

Aug. Enimvero idem de se aliis fortasse videatur; verumque est, cum in aliis tum in hac precipue passione, quod unus quisque suarum rerum est benignus interpres. Nec inepte illud a plebeio quodam licet poeta dictum laudatur:

Suam cuique sponsam, michi meam;

Suum cuique amorem, michi meum.

Fr. Vis ne, si tempus suppetit, pauca de multis esponam, que te in admirationem stuporemque compellent?

Aug. Mene putas ignorare quod

qui amant ipsi sibi somnia fingunt?

Omnibus scolis notissimum carmen est. Ceterum ex ore eius piget has insanias audire, quem decet altius et sapere et loqui.

Fr. Unum hoc, seu gratitudini seu ineptie ascribendum, non silebo: me, quantulumcunque conspicis, per illam esse; nec unquam ad hoc, siquid est, nominis aut glorie fuisse venturum, nisi virtutum tenuissimam sementem, quam pectore in hoc natura locaverat, nobilissimis hec affectibus coluisset. Illa iuvenilem animum ab omni turpitudine revocavit, uncoque, ut aiunt, retraxit, atque alta compulit espectare. Quidni enim in amatos mores transformarer? Atqui nemo unquam tam mordax convitiator inventus est, qui huius famam canino dente contingeret; qui dicere auderet, ne dicam in actibus eius, sed in gestu verboque reprehensibile aliquid se vidisse; ita qui nichil intactum liquerant, hanc mirantes venerantesque reliquerunt. Minime igitur mirum est si hec tam celebris fama michi quoque desiderium fame clarioris attulit, laboresque durissimos, quibus optata consequerer mollivit. Quid enim adolescens aliud optabam, quam ut illi vel soli placerem, que michi vel sola placuerat? Quod ut michi contingeret, spretis mille voluptatum illecebris, quot me ante tempus curis laboribusque subiecerim nosti. Et iubes illam oblivisci vel parcius amare, que me a vulgi consortia segregavit; que, dux viarum omnium, torpenti ingenio calcar admovit ac semisopitum animum excitavit?

Aug. Infelix, quanto satius fuerat tacere, quam loqui! Quamvis enim vel in silentio talem te introrsus aspicerem, asseveratio tamen ipsa tam pertinax bilem stomacumque concussit.

Fr. Cur, queso?

Aug. Quia falsum opinari, ignorantis est; falsum impudenter asserere, ignorantis pariter et superbi.

Fr. Quid me tam falsum vel sensisse vel protulisse confirmat?

Aug. Nempe universa que memoras! primum omnium ubi ais te quod es per illam esse. Si sic intelligis ut hoc esse illa dederit, mentiris hauddubie: si vero sic ut haud amplius esse permiserit, verum dicis. O quantum in virum evadere poteras, nisi illa te forme blanditiis retraxisset! Quod es, igitur, nature bonitas dedit; quod esse poteras illa preripuit, imo tu potius abstulisti. Ista enim innocens est. Forma quidem tibi visa est tam blanda, tam dulcis, ut in te omnem ex nativis virtutum seminibus proventuram segetem ardentissimi desiderii estibus et assiduo lacrimarum imbre vastaverit. Quod autem te ab omni turpitudine illa retraxerit, falso gloriatus es; retraxit forsan a multis, sed in maiores impulit erumnas. Enimvero, nec qui variis sordibus obscenam viam declinare monuit, si in precipitium produxit, nec qui, minutiora sanans ulcera, letale interim iugulo vulnus inflixit, liberasse potius quam occidisse dicendus est. Ista quoque, quam tuam predicas ducem a multis te obscenis abstrahens in splendidum impulit baratrum. Quod vero alta spectare docuit quod segregavit a populo, quid aliud fuit quam presidentem sibi et, unius captum dulcedine, contemptorem rerum omnium, fastidioseque negligentem reddidisse? quo nichil in convictu hominum scias esse molestius. Iam quod innumeris illam te laboribus implicuisse commemoras, hoc unum verum predicas. Quid autem hic tam magni muneris invenias, cogita. Cum multiformes enim sint labores, quos declinare non licet, quanta dementia est novos sponte sectari! At quod fame clarioris avidum per illam te factum esse gloriaris, compatior errori tuo. Siquidem ex animi tui sarcinis, nullam tibi funestiorem esse monstrabo. Sed nondum eo pervenit oratio.

Fr. Promptissimus dimicator comminatur et vulnerat. Ego autem et vulnere et comminatione permoveor, et titubare iam graviter incipio.

Aug. Quanto gravius titubabis, cum gravissimum vulnus inflixero! Ista nempe, quam predicas, cui omnia debere te asseris, ista te peremit.

Fr. Deus bone, quibus hoc michi persuadebitur modis?

Aug. Ab amore celestium elongavit animum et a Creatore ad creaturam desiderium inclinavit. Que una quidem ad mortem pronior fuit via.

Fr. Noli, queso, precipitare sententiam: Deum profecto ut amarem, illius amor prestitit.

Aug. At pervertit ordinem.

Fr. Quonam modo?

Aug. Quia cum creatum omne Creatoris amore diligendum sit, tu contra, creature captus illecebris, Creatorem non qua decuit amasti, sed miratus artificem fuisti quasi nichil ex omnibus formosius creasset, cum tamen ultima pulcritudinum sit forma corporea.

Fr. Hanc presentem in testimonium evoco, conscientiamque meam facio contestem, me (quod iam superius dixeram) illius non magis corpus amasse quam animam. Quod hinc percipias licebit, quoniam quo illa magis in etate progressa est, quod corporee pulcritudinis ineluctabile fulmen est, eo firmior in opinione permansi. Etsi enim visibiliter iuvente flos tractu temporis languesceret, animi decor annis augebatur, qui sicut amandi principium sic incepti perseverantiam ministravit. Alioquin si post corpus abiissem, iam pridem mutandi propositi tempus erat.

Aug. Me ne ludis? An si idem animus in squalido et nodoso corpore habitaret, similiter placuisset?

Fr. Non audeo quidem id dicere; neque enim animus cerni potest, nec imago corporis talem spopondisset; at si oculis appareret, amarem profecto pulcritudinem animi deforme licet habentis habitaculum.

Aug. Verborum queris adminicula; si enim nonnisi quod oculis apparet amare potes, corpus igitur amasti. Nec tamen negaverim animum quoque illius et mores flammis tuis alimenta prebuisse, nimirum cum, uti paulo post dicam, nomen ipsum nonnichil, imo vel plurimum, furoribus istis addiderit. Cum enim in omnibus animi passionibus, in hac presertim evenit, ut ex minimis favillis sepe incendia magna consurgant.

Fr. Video quo me cogas: ut scilicet cum Ovidio fatear:

animum cum corpore amavi.

Aug. Hoc quoque quod seguitur fatearis oportet: neutrum te satis sobrie, neutrum amasse qua decuit.

Fr. Torquendus tibi sum, antequam fatear.

Aug. Aliud quoque: te propter hunc amorem in magnas concidisse miserias.

Fr. Hoc, quamvis in eculeum sustuleris, non fatebor.

Aug. Imo vero sponte tua mox utrunque fateberis, nisi rationes meas interrogationesque neglexeris. Dic ergo: meministi ne puerilium annorum; an vero presentium turba solicitudinum, memoria omnis illius etatis evanuit?

Fr. Nempe infantia pueritiaque non aliter ante oculos meos sunt, quam dies hesternus.

Aug. Meministi quantus in illa etate timor Dei, quanta mortis cogitatio quantus religionis affectus, quantus amor honestatis?

Fr. Memini profecto, doleoque crescentibus annis decrevisse virtutes.

Aug. Ego quidem semper extimui, ne illum tam intempestivum florem vernalis aura discuteret; qui, si integer illesusque mansisset, mirabilem fructum suis temporibus protulisset.

Fr. Ne a proposito divertas. Quid enim hoc ad ea de quibus sermo nobis inceptus erat?

Aug. Dicam. Percurre tecum tacitus (quando integram tibi sentis recentemque memoriam), percurre universum vite tue tempus, et ubi tanta morum varietas incesserit, recordare.

Fr. En in ictu oculi trepidantis annorum meorum numerum seriemque recensui.

Aug. Quid reperis igitur?

Fr. Litere velut pithagoree, quam audivi et legi, non inanem esse doctrinam. Cum enim recto tramite ascendens ad bivium pervenissem modestus et sobrius, et dextram iuberer arripere, ad levam - incautus dicam an contumax? - deflexi; neque michi profuit quod sepe puer legeram:

65

Hic locus est partes ubi se via findit in ambas;

dextera que Ditis magni sub menia ducit.

Hac iter Elysium nobis; at leva malorum

exercet penas, et ad impia Tartara mittit.

Hec nimirum, quanquam ante legissem, non tamen prius intellexi quam expertus sum. Ex tunc autem obliquo sordidoque calle distractus et sepe retro lacrimans conversus, dextrum iter tenere non potui, quod cum deserui, tunc, profecto tunc, fuerat illa morum meorum facta confusio.

Aug. At quanam hoc etatis tue parte contigerat?

Fr. Medio sub adolescentie fervore et, si aliquantisper expectas, quotus michi tunc etatis annus ageretur facile recordabor.

Aug. Non tam exactum calculum requiro; quin potius illud edixere: quando illius tibi primum mulieris species visa est?

Fr. Id utique nunquam obliviscar.

Aug. Iunge igitur tempora.

Fr. Profecto et illius occursus et exhorbitatio mea unum in tempus inciderunt.

Aug. Habeo quod volebam. Obstupuisti, credo, perstrinxitque oculos fulgor insolitus. Dicunt enim stuporem amoris esse principium; hinc est apud nature conscium poetam:

obstupuit primo aspectu sidonia Dido.

Post quod dictum sequitur:

ardet amans Dido.

Que quamvis, ut nosti optime, fabulosa narratio tota sit, ad nature tamen ordinem respexit ille, dum fingeret. Sed cum obstupuisses ad illius occursum, cur ad levam potissimum deflexisti?

Fr. Puto quia proclivior videbatur et latior; dextera enim et ardua et angusta est.

Aug. Laborem igitur timuisti. At mulier ista tam celebris, quam tibi certissimam ducem fingis ad superos, cur non hesitantem trepidumque direxit, et, quod cecis aliis fieri solet, manu apprehensum non tenuit, quaque gradiendum foret admonuit?

Fr. Fecit hoc illa quantum potuit. Quid enim aliud egit cum, nullis mota precibus, nullis victa blanditiis, muliebrem tenuit decorem et, adversus suam simul et meam etatem, adversus multa et varia que flectere adamantinum licet spiritum debuissent, inexpugnabilis et firma permansit? Profecto animus iste femineus quid virum deceret admonebat, prestabatque ne michi in sectando pudicitie studium, ut verbis utar Senece, vel exemplum deesset vel convitium; postremo, cum lorifragum ac precipitem videret deserere maluit quam sequi.

Aug. Turpe igitur aliquid interdum voluisti: quod supra negaveras. At iste vulgatus amantium, vel ut dicam verius amentium, furor est, ut omnibus merito dici possit: "volo, nolo, nolo, volo". Vobis ipsis, quid velitis aut nolitis, ignotum est.

Fr. Incautus in laqueum offendi. Siquid tamen olim aliter forte voluissem, amor etasque coegerunt; nunc quid velim et quid cupiam scio, firmavique iantandem animum labantem. Contra autem illa propositi tenax et semper una permansit, quam constantiam femineam quo magis intelligo, magis admiror; idque sibi consilium fuisse si unquam dolui, gaudeo nunc et gratias ago.

Aug. Semel fallenti, non facile rursus fides adhibenda est. Tu prius mores atque habitum vitamque mutaveris quam animum mutasse persuadeas. Mitigatus forte sis tu lenitusque, ignis extinctus certe non est. Tu vero qui tantum dilecte tribuis, non advertis, illam absolvendo, quantum te ipse condemnes? Illam fateri libet fuisse sanctissimam, dum te insanum scelestumque fateare; illam quoque felicissimam, dum te eius amore miserrimum. Hoc enim, si recordaris, inceperam.

Fr. Recordor equidem, atque id ita esse negare non valeo et, quo me sensim deduxeris, cerno.

Aug. Ut cernas apertus, animum intende. Nichil est quod eque oblivionem Dei contemptum ve pariat atque amor rerum temporalium; iste precipue, quem proprio quodam nomine Amorem, et (quod sacrilegium omne transcendit) Deum etiam vocant, ut scilicet humanis furoribus excusatio celestis accedat fiatque divino instinctu scelus immane licentius. Nec mirari conveniet tantum posse hunc affectum in pectoribus humanis; ad reliqua enim visa rei species, ac sperata fruendi delectatio et proprie vos mentis impetus rapit. In amore autem et hec simul et mutuus preterea succendit affectus, qua spe prorsus amota, amorem ipsum lentescere oportet. Sic, cum alibi ametis duntaxat, hic etiam redamamini, alternisque velut stimulis mortale pectus impellitur; ut non frustra Cicero noster dixisse videatur quod "omnibus ex animi passionibus profecto nulla est amore vehementior". Valde equidem certus erat ubi addidit "profecto", is qui iam quattuor libris Achademiam defenderat de omnibus dubitantem.

Fr. Notavi sepius illum locum, et miratus sum quod ita vehementissimam hanc ex omnibus passionem dixerit.

Aug. Minime mirareris, nisi quia animum invasit oblivio. Ceterum, brevi admonitione in multorum malorum memoriam revocandus es. Cogita nunc ex quo mentem tuam pestis illa corripuit; quam repente, totus in gemitum versus, eo miseriarum pervenisti ut funesta cum voluptate lacrimis ac suspiriis pascereris; cum tibi noctes insomnes et pernox in ore dilecte nomen; cum rerum omnium contemptus viteque odium et desiderium mortis; tristis et amor solitudinis atque hominum fuga; ut de te non minus proprie quam de Bellorophonte illud homericum dici posset:

qui miser in campis merens errabat alienis

ipse suum cor edens, hominum vestigia vitans.

Hinc pallor et macies et languescens ante tempus flos etatis; tum graves eternumque madentes oculi, tum confusa mens et turbata quies in somnis; et dormientis flebiles querele, ac vox fragilis luctu rauca, fractusque et interruptus verborum sonus, et quicquid tumultuosius aut miserius fingi potest. Hec ne tibi videntur signa sanitatis? Quid quod illa tibi festos lugubresque dies inchoavit et clausit? Illa adveniente sol illuxit, illaque abeunte nox rediit. Illius mutata frons tibi animum mutavit; letus et mestus pro illius varietate factus es. Denique totus ab illius arbitrio pependisti. Scis me vera et vulgo etiam nota memorare. Quid autem insanius quam, non contentum presenti illius vultus effigie, unde hec cunta tibi provenerant, aliam fictam illustris artificis ingenio quesivisse, quam tecum ubique circumferens haberes materiam semper immortalium lacrimarum? Veritus ne fortassis arescerent, irritamenta earum omnia vigilantissime cogitasti, negligenter incuriosus in reliquis. Aut - ut omnium delirationum tuarum supremum culmen attingam et, quod paulo ante comminatus sum, peragam - quis digne satis execretur aut stupeat hanc alienate mentis insaniam cum, non minus nominis quam ipsius corporis splendore captus, quicquid illi consonum fuit incredibili vanitate coluisti? Quam ob causam tanto opere sive cesaream sive poeticam lauream, quod illa hoc nomine vocaretur, adamasti; ex eoque tempore sine lauri mentione vix ullum tibi carmen effluxit, non aliter quam si vel Penei gurgitis accola vel Cirrei verticis sacerdos existeres. Denique quia cesaream sperare fas non erat, lauream poeticam, quam studiorum tuorum tibi meritum promittebat, nichilo modestius quam dominam ipsam adamaveras concupisti; ad quam adipiscendam, quanquam alis ingenii subvectus, quanto tamen cum labore perveneris, tecum ipse recogitans perhorresces. Nec me latet, quoniam responsioni paratum, et adhuc hiscere meditantem video, quid tibi nunc in animo versetur. Cogitas nempe te his studiis aliquanto prius quam etiam arderes deditum fuisse poeticumque illud decus ab annis puerilibus animum excitasse: quod ego quidem nec infitior nec ignoro. Verumenimvero et multis retro seculis obsolefactus mos, atque hec etas studiis talibus adversa, et longarum discrimina viarum, quibus usque ad limen non carceris modo sed mortis accessisti, aliaque non minus violenta fortune obstacula propositum retardassent, seu forsitan irritassent, nisi predulcis nominis memoria iugiter animum interpellans, ceteris curarum sarcinis excussis per terras et maria inter tot difficultatum scopulos Romam te Neapolimque traxisset, ubi tandem, quod tanto ardore cupiebas, adeptus es. Que omnia, sicui mediocris furoris argumenta videantur, ipsum ego non mediocriter furore certus ero. Iam vero sciens illa pretereo, que ex Eunucho Terrentii mutuari non puduit Ciceronem, ubi ait:

in amore hec omnia insunt vitia: iniurie,

suspitiones, inimicitie, indutie,

bellum, pax rursum . . .

Recognoscis in illius verbis insanias tuas, precipueque zelum quod, sicut inter passiones amor, sic in hac peste primas partes obtinere non ambigitur. Sed occurres forsitan et dices: - Hec ita esse non infitior, sed aderit ratio, cuius hec vitia temperentur arbitrio. - Iam ita te responsurum ille previderat, ubi addidit:

incerta hec si tu postules

ratione certa facere, nichilo plus agas

quam si des operam, ut cum ratione insanias.

Hoc equidem dicto, quod absque dubitatione verissimum sentis, omnibus nisi fallor evasionibus tuis obviatum est. He atque huiuscemodi sunt in amore miserie, quarum accurata dinumeratio nec experto necessaria est, nec credibilis inexperto. Illa tamen est omnium precipua (ut ad propositum vertar) quod Dei suique pariter oblivionem parit. Quomodo enim tot malorum molibus incurvatus animus ad illum unum purissimumque veri boni fontem reptando perveniet? Que cum ita sint, mirari iam desine nullam vehementiorem animi passionem M. Tullio visam esse.

Fr. Victus sum, fateor, quoniam cunta, que memoras, de medio experientie libro michi videris excerpsisse. Itaque libet, quoniam terrentiani Eunuchi mentionem fecisti, ex eodem loco sumptam inseruisse querimoniam:

> *o indignum facinus! Nunc ego,*
>
> *.................. me miserum sentio,*
>
> *et tedet et amore ardeo, et prudens sciens,*
>
> *vivus vidensque pereo; nec quid agam scio.*

Libet et eiusdem poete verbis a te consilium flagitare:

> *proinde dum tempus est, etiam atque etiam cogita.*

Aug. Ego quoque terrentianis tibi responsum verbis dabo: que enim

> *... res in se neque consilium neque modum*
>
> *habet ullum, eam consilio regere non potes.*

Fr. Quid igitur faciam? desperabimus ne?

Aug. Omnia prius tentanda sunt. Quid autem nunc probati consilii michi sit, breviter accipe. Nosti de hac re non tantum ab egregiis philosophis singulares tractatus, sed ab illustribus poetis integros libros esse compositos, qui, ubinam querendi qualiter ve sint intelligendi, tibi presertim, qui harum rerum magisterium profiteris, ingerere iniuriosum fuerit; qualiter autem lecta intellectaque in salutem tuam vertenda sint, admonuisse forsitan non erit alienum. Primum igitur, quod ait Cicero, nonnulli "veterem amorem novo amore tanquam clavum clavo eiciendum putant". Cui consilio et magister amoris Naso consentit, regulam afferens generalem quod:

Et procul dubio sic est. Disgregatus et in multa distractus animus segnior vertitur ad singula. Sic Ganges, ut aiunt, a rege Persarum innumerabilibus alveis distinctus, atque ex uno metuendoque flumine in multos spernendos rivulos sectus est. Sic sparsa acies penetrabilis hosti redditur; sic diffusum lentescit incendium, denique omnis vis, ut unita crescit, sic dispersa minuitur. At contra quid hic michi videatur intellige. Valde siquidem metuendum est ne, dum ex una eaque (si dici fas est) nobiliori passione subtraheris, dilaberis in plurimas, et ex amante mulierosus vagus et instabilis fias; meo nempe iudicio si inevitabiliter pereundum sit, nobiliori morbo periisse solatium est. Quid igitur consulam, queres. Colligere animum et effugere, si possis, ac de carcere in carcerem commigrare non improbo. Spes enim forsitan in transitu libertatis fuerit, aut levioris imperii. Ereptum vero uni iugo collum per infinita sordidorum servitiorum genera circumferre non laudo.

Fr. Pateris ne, medico perorante, egrum morbi sui conscium aliquid interloqui?

Aug. Quidni patiar? Multi enim egrotantis vocibus, quasi quibusdam inditiis, ad inquisitionem oportuni remedii penetrarunt.

Fr. Hoc igitur unum scito, me aliud amare non posse. Assuevit animus illam admirari; assueverunt oculi illam intueri, et quicquid non illa est, inamenum et tenebrosum ducunt. Itaque si aliam amare iubes, ut sic ab amore liberer, impossibilem michi conditionem obicis. Actum est; perii.

Aug. Sensus hebet et appetitus obtorpuit. Nichil ergo cum admittere valeas introrsus, exteriora tibi remedia adhibenda sunt. Potes ne igitur in animum inducere fugam exilium ve, et notorum locorum caruisse conspectu?

Fr. Licet tenacissimis uncis retrahar, possum tamen.

Aug. Si hoc potes salvus eris. Quid ergo aliud dicam, nisi virgilianum versiculum paucis immutatis:

Heu fuge dilectas terras, fuge litus amatum?

Quomodo enim unquam his in locis tutus esse poteris, ubi tam multa vulnerum tuorum extant vestigia, ubi et presentium conspectu et preteritorum recordatione fatigaris? Ut igitur idem ait Cicero: "loci mutatione, tanquam egroti non convalescentes, curandus eris".

Fr. Vide, oro, quid precipis. Quotiens enim, convalescendi avidus atque huius consilii non ignarus, fugam retentavi! et licet varias simulaverim causas, unus tamen hic semper peregrinationum rusticationumque mearum omnium finis erat libertas; quam sequens, per occidentem et per septentrionem et usque ad Occeani terminos longe lateque circumactus sum. Quod quantum michi profuerit, vides. Itaque sepe animum tetigit virgiliana comparatio:

qualis coniecta cerva sagitta,

quam procul incautam nemora inter Cresia fixit

pastor agens telis, liquitque volatile ferrum

nescius; illa fuga silvas saltusque peragrat

dicteos, heret lateri letalis harundo.

Huic ergo cerve non absimilis factus sum. Fugi enim, sed malum meum ubique circumferens.

Aug. Quid a me nunc prestolaris? Ipse tibi respondisti.

Fr. Quo pacto?

Aug. Quia malum suum circumferenti locorum mutatio laborem cumulat, non tribuit sanitatem. Potest ergo tibi non improprie dici, quod adolescenti cuidam, qui peregrinationem nil sibi profuisse querebatur, respondit Socrates: "Tecum enim" inquit "peregrinabaris". Tibi quidem in primis sequestranda vetus hec curarum sarcina et preparandus est animus; tum denique fugiendum. Hoc enim non in corporibus modo sed in animis quoque compertum est; quod nisi in patiente disposito virtus est agentis inefficax. Alioquin ad extremos Indorum fines penetrare quidem poteris, semper Flaccum vera locutum fateberis, ubi ait:

celum non animum mutant, qui trans mare currunt.

Fr. Miro modo perplexus sum. Tu enim, dum michi curandi sanandique animi documenta prebes, curandum prius sanandumque predicas, ac demum fugiendum. Atqui de hoc ipso dubitatur, qualiter sit curandus. Si enim curatus est, quid ultra queritur? si autem incuratus, ubi locorum mutatio (quod tu ipse astruis) non adiuvat, dic expressius quibus remediis utendum est.

Aug. Non curandum sanandumque sed preparandum dixi animum. Ceterum sive curatus erit, et poterit locorum mutatio perennem sanitatem conservare; sive nondum, curatus sed preparatus tamen, et ipsam eandem afferre potest. At si neutrum, quid nisi doloris irritamenta prestabit ista mutatio et de loco in locum crebra iactatio? Non desinam Flacco teste uti:

... ratio - inquit - et prudentia curas

non locus effusi late maris arbiter aufert.

Et vere sic est. Ibis enim spe plenus et desiderio revertendi, omnes animi laqueos tecum trahens. Ubicunque fueris, quocunque te verteris, relicte vultum et verba contemplaberis et, quod est amantum infame privilegium, illam absentem absens audies et videbis. Et putas amorem his subterfugiis extinguere? Michi crede. Inardescit utrinque potius! Hinc ab amoris auctoribus inter multa precipitur interponendas amantibus nonnunquam brevis absentie morulas, ne vicissim fastidio forte presentie et assiduitate vilescant. Hoc igitur moneo, hoc suadeo, hoc iubeo: edocendum animum deponere que premunt, atque ita, sine spe reditus, abeundum. Tunc intelliges quid in sanandis animis possit absentia. Quod si locum corpori tuo gravem pestilentemque sortitus, perpetuis illic morbis inquietam vitam ageres, nonne irrediturus effugeres? Nisi forte, quod valde permetuo, maior est hominibus corporis cura quam animi.

Fr. De hoc quidem viderit humanum genus; de eo autem profecto nichil est dubii quin, si loci vitio in morbos incidissem, salubrioris eos loci mutatione depellerem. Idemque, vel multo magis, de animi morbis optarem. Sed hec, ut video, difficilior cura est.

Aug. Hoc utique falsum esse magnorum philosophorum consentit autoritas; idque hinc liquet quod morbi animi omnes curari possunt, nisi eger obluctetur; corporei autem nulla arte curabiles multi sunt. Ceterum, ne nimis abstrahar ab incepto, in sententia persisto: preparandum, ut dixi, animum instruendumque dilecta relinquere, nec in tergum verti, nec assueta respicere. Ea demum amanti peregrinatio tuta est; idque tibi, si salvam cupis animam tuam, noris esse faciendum.

Fr. Ut quecunque dixisti percepisse me sentias: imparato animo peregrinationes nil conferunt, paratum sanant, sanumque custodiunt. Hec ne triplicis tui dogmatis summa est?

Aug. Profecto non alia! et bene diffusius dicta perstringis.

Fr. Atqui prima duo sic esse, si nullus ostenderet, ex me ipse perpenderem; tertium vero, quid sanato iam et in tutum perducto animo absentia opus sit, non intelligo; nisi forte recidive metus hoc suasit ut diceres.

Aug. Id ne modicum tibi videtur? quod si in corporibus, quanto magis in animis formidandum est! Multo enim levius periculosiusque revertitur. Adeo ut vix quicquam secundum naturam salubrius a Seneca dictum sit; quam quod in epystola quadam ait: «Ei qui amorem exuere conatur, vitanda est omnis admonitio dilecti corporis», et subicit rationem: «Nichil enim facilius recrudescit quam amor.» O verissimum et ex intimis experientie penetralibus erutum verbum! In quam rem nullum ante te testem citaverim.

Fr. Verum id esse fateor; at, si advertis, non de eo qui iam exuit, sed de eo qui exuere conatur, ista dicuntur.

Aug. De eo dixit, ubi propius periculum est; in quocunque enim vulnere ante cicatricem, atque in morbo quolibet ante sanitatem, formidabilior est omnis offensio; nec tamen, etsi ante periculosior sit, postea tuto contemnitur. Et quoniam altius in animos penetrant exempla domestica, quotiens tu ipse, qui loqueris, in hac ipsa civitate, que malorum tuorum omnium non dicam causa sed officina est, postquam tibi convaluisse videbaris, et magna ex parte convalueras si fugisses, per vicos notos incedens, ac sola locorum facie admonitus veterum vanitatum, ad nullius occursum stupuisti, suspirasti, substitisti, denique vix lacrimas tenuisti. Et mox semisaucius fugiens dixisti tecum: «Agnosco in his locis adhuc latere nescioquas antiqui hostis insidias; reliquie mortis hic habitant.» Itaque, si me audis, quanquam sanus esses (a quo longissime quidem abes), in his locis habitare diutius non foret consilium. Neque enim convenit vinculis egressum circum carceris fores oberrare, cuius dominus insomni studio circuit laqueos disponens, illorum pedibus presertim, quos effugisse conqueritur; cuius omni tempore limen apertum est.

Facilis descensus Averni;

noctes atque dies patet atri ianua Ditis.

Que si sanis etiam, ut dixi, quanto accuratius providenda sunt his quos adhuc morbus non deseruit, quos Seneca, dum hoc diceret, respexit, maiorique periculo prebuit consilium. Illos enim commemorare supervacuum erat, qui in mediis torrentur ardoribus, qui de salute non cogitant; proximum gradum attigit eorum, qui ardent adhuc sed flammas exire meditantur. Nocuit multis ad sanitatem redeuntibus parcissimus haustus aque, qui ante egritudinem profuisset; sepe fatigatum levis motus impulit, qui viribus integrum non movisset. Quam minima sunt interdum que animum emergentem in summas miserias reimpellunt! Conspecta in alterius tergo purpura ambitionem renovat; visus nummorum acervulus avaritiam integrat; spectata corporis species luxuriam incendit; levis oculorum flexus amorem dormitantem excitat. He nimirum pestes facile in animas, propter vestram dementiam, veniunt; at postquam semel iter didicerunt, multo facilius revertuntur. Que cum ita sint, non tantum locus pestifer relinquendus, sed quicquid in preteritas curas animum retorquet, summa tibi diligentia fugiendum est; ne forte cum Orpheo ab inferis rediens retroque respiciens recuperatam perdas Euridicem. Hec nostri consilii summa est.

Fr. Amplector et gratias ago. Sentio enim languori meo consentaneum esse remedium; fugamque iam meditor, sed quo potissimum cursum dirigam, incertus sum.

Aug. Multe tibi undique patent vie, multi portus in circuitu. Scio tibi in primis Italiam placere et natalis soli insitam esse dulcedinem, nec immerito:

> *nam neque Medorum silve, ditissima terra,*
>
> *nec pulcer Ganges, atque auro turbidus Hermus*
>
> *laudibus Italie certent, non Battra neque Indi*
>
> *totaque thuricremis Panchaia pinguis arenis.*

Quod quidem, ab egregio poeta non minus vere dictum quam diserte, nuper tu ad amicum scripto poemate latius extendisti. Italiam igitur suadeo, quod moribus incolarum celoque et circumfusi maris ambitu et intersecantis horas Apennini collibus et omni locorum situ, nulla usquam statio curis tuis oportunior futura sit. Ad unum vero eius angulum, te arctare noluerim. I modo felix, quocunque te fert animus. I securus et propera, nec in tergum deflexeris; preteritorum obliviscens, in anteriora contende. Nimis diu iam et a patria et a te ipso exulasti. Tempus est revertendi, «advesperascit enim et nox est amica predonibus». Verbis tuis te commoneo. Restat unum; quod pene iam oblitus eram. Tam diu cavendam tibi solitudinem scito, donec sentias morbi tui nullas superesse reliquias. Ubi enim rusticationes nichil tibi profuisse memorasti, minime mirari decuit. Quid remedii, queso, in rure solitario ac reposto reperire crederes? Fateor, sepe dum solus eo fugeres suspirans urbemque respectans, irrisi ex alto, et dixi mecum: «En ut huic misero letheam Amor intulit caliginem, et pueris omnibus notissimorum versuum abstulit memoriam! Morbum fugiens currit ad mortem!»

Fr. Recte tu quidem; sed quorum versuum mentionem facis?

Aug. Nasonis sunt:

Quisquis amas, loca sola nocent, loca sola caveto.

Quo fugis? In populo tutior esse potes.

Fr. Recordor optime: ab infantia pene michi familiariter noti erant.

Aug. Quid multa nosse profuit, si ea necessitatibus tuis accomodare nescivisti? Ego quidem eo magis in sectanda solitudine errorem tuum admiratus sum, quod et autoritates veterum adversus id noveras, et novas addideras. Nichil enim tibi prodesse solitudinem sepe conquestus es; quod, cum multis in locis, tum in eo presertim poemate, quod de statu tuo loculentissime cecinisti; cuius ego dulcedine, interim dum caneres, delectabar, stupebamque quod ita medias inter animi procellas ex ore insani tam dulcisonum carmen erumperet, aut quis amor Musas cohiberet, ne a consueto domicilio, tantis turbinibus offense tantaque hospitis alienatione, diffugerent. Nam quod ait Plato: «frustra poeticas fores compos sui pepulit», quodque eius successor Aristotiles: «nullum magnum ingenium sine mixtura dementie», alio spectat, nec ad istas insanias referendum est. Sed de hoc alias.

Fr. Ego ita esse fateor, sed me dulce aut tibi mire placiturum aliquid cecinisse non putabam; nunc amare carmen illud incipio. Siquid autem alterius remedii habes, oro ne subtrahas egenti.

Aug. Omnia que noris explicare, ostentantis se potius quam amico consulentis est. Neque enim tam multa remediorum genera internis et externis morbis inventa sunt, ut in quolibet cunta tententur; quoniam, ut ait Seneca: «Nichil eque sanitatem impedit quam remediorum crebra mutatio; nec venit vulnus ad cicatricem, in quo medicamenta tentantur»; sed ut altero infeliciter succedente, ad allud recurratur. Itaque quamvis multa et varia morbi huius medicamenta sint, pauca tamen inseruisse contentus ero; eaque potissimum que tibi magis ex omnibus profutura confido; non ut aliquid novi te doceam, sed ut, ex notis et vulgatis omnibus, quid michi efficacius videatur intelligas. Tria sunt, ut ait Cicero, que ab amore animum exterrent: satietas, pudor, cogitatio. Possent plura, possent et pauciora numerari; sed, ne a tanto auctore digrediar, tria esse fateamur. De primo supervacuum est loqui, quoniam impossibile iudicabis tibi, ut res se habet, satietatem amoris ullam posse contingere. At si appetitus rationi crederet, et ex preteritis futura pensaret, facile fatereris quantumlibet dilecte rei non satietatem modo, sed fastidium et nauseam posse subrepere. Verum quia compertum habeo, me hoc tramite frustra niti, quod etsi satietatem fore possibilem et ubi adsit amorem necare concedas, ab ardentissimo tamen desiderio tuo quam longissime hanc abesse contendes, egoque ipse consentiam; superest ut de duobus reliquis attingam. Hoc michi, sicut arbitror, non negabis: ingenuum quendam et pudorosum animum tibi tribuisse naturam.

Fr. Nisi in propria causa fallor, usque adeo id verum est, ut sepe graviter tulerim, quod nec sexui satis convenirem nec seculo in quo, ut vides, impudentium sunt omnia; honores, spes, opesque, quibus et virtus cedit et fortuna.

Aug. Non vides igitur quantum inter se ista discordent amor et pudor? Dum ille animum urget, hic cohibet; ille calcar incutit, hic frenum stringit; ille nichil attendit, hic universa circumspicit.

Fr. Video nimirum, multoque cum dolore distrahor tam diversis affectibus; ita enim alternis horis insultant, ut modo huc modo illuc turbine mentis agiter; quem toto sequar impetu nondum certus.

Aug. Dic, precor, bona cum venia. Vidisti ne te nuper in speculo ?

Fr. Quid hoc, queso, sibi vult? Ut soleo quidem.

Aug. Utinam neque crebrius neque curiosius quam sat est! Quero autem ex te: nonne vultum tuum variari in dies singulos et intermicantes temporibus canos animadvertisti?

Fr. Putabam te singulare aliquid velle dicere. Ista vero comunia sunt omnibus qui nascuntur: adolescere, senescere, interire. Animadverti in me quod in coetaneis meis fere omnibus. Nescio enim quomodo senescunt homines hodie citius quam solebant.

Aug. Neque aliorum senectus iuventutem tibi, neque aliorum mors immortalitatem tribuet. Ceteris igitur omissis ad te redeo. Quid ergo? mutavit ne animum ulla ex parte corporis conspecta mutatio?

Fr. Concussit utique, sed non mutavit.

Aug. Quid autem tibi tunc animi fuit aut quid dixisti?

Fr. Quid aliud, putas, quam illud Domitiani principis: «Forti animo fero comam in adolescentia senescentem»? Tanto igitur exemplo pauculos canos meos ipse solatus sum; caesareoque regium adiunxi: Numa quidem Pompilius, qui secundus inter romanos reges dyadema sortitus est, ab adolescentia canus creditur fuisse. Nec poeticum defuit exemplum; siquidem Virgilius noster in Bucolicis que XXVI etatis anno scripsisse eum constat, sub persona pastoris de se ipso loquens ait:

candidior postquam tondenti barba cadebat.

Aug. Ingens tibi exemplorum copia est; tanta utinam eorum, que cogitationem mortis ingererent. Hec enim, que canos appropinquantis testes senectutis mortisque prenuntios dissimulare docent exempla, non approbo. Quid enim aliud suadent quam lapsum etatis negligere et supremi temporis oblivisci? cuius ut semper memineris, totius nostri colloquii finis est. Tu vero, cum ad canitiem iubeo respicere, canorum illustrium virorum turbam profers. Quid ad rem? utique si immortales illos fuisse diceres, haberes quorum exemplo canitiem non timeres. Quod si tibi calvitiem obiecissem, puto Iulium Cesarem protulisses in medium.

Fr. Non alium profecto. Quid enim illustrius potuissem? Est autem, nisi fallor, grande solatium tam claris septum esse comitibus; itaque fateor talium exemplorum, velut quotidiane supellectilis, usum non reicio. Iuvat enim non modo in his incommodis, que michi vel natura tribuit vel casus; sed in his etiam, que tribuere possent, habere aliquid in promptu quo me soler; quod consequi non possum, nisi vel ratione vivaci, vel exemplo clarissimo. Si michi igitur exprobrasses quod adversus fulminis fragorem timidior sim, quia id negare non possem (est enim hec michi non ultima causa lauri diligende quod arborem hanc non fulminari traditur), respondissem Augustum Caesarem eodem morbo laborasse. Si cecum dixisses, et id verum foret, Appii Ceci et Homeri poetarum principis; si monoculus, Hanibalis Penorum ducis aut Philippi Macedonum regis clipeo usus essem. Si surdastrum, Marci Crassi; si caloris impatientem, Alexandri Macedonis. Longum est per cunta discurrere; sed ex his cetera colligis.

Aug. Aperte quidem nec supellex hec exemplorum displicet; modo non segnitiem afferat, sed metum meroremque discutiat. Laudo quicquid id est, propter quod nec adventantem metuas senectutem, nec presentem oderis; quicquid vero non esse senectutem huius lucis exitum suggerit nec de morte cogitandum, summopere detestor atque execror. Rursus precipitatam equo animo tolerare canitiem bone indolis inditium est; legitime autem senectuti morulas nectere, annos etati subducere, canos nimie celeritatis arguere eosque velle occultare vel vellere dementia, quamvis comunis, tamen ingens est. Non videtis, o ceci, quanta velocitate volvuntur sidera, quorum fuga brevissime vite tempus devorat atque consumit, et miramini senectutem ad vos venire, quam dierum omnium rapidissimus cursus vehit! Duo sunt, que vos in has ineptias cogunt: primum, quod angustissimam etatem alii in quattuor, alii in sex particulas, aliique in plures etiam distribuunt; ita rem minimam, quia quantitate non licet, numero tentatis extendere. Quid autem sectio ista confert? Finge quotlibet particulas; omnes in ictu oculi prope simul evanescunt.

Nuper erat genitus, modo formosissimus infans,

iam iuvenis, iam vir.

Vide quanto verborum impetu subtilissimus poeta lapsum vite fugientis expresserit! Nequicquam igitur lapsare nitimini quod lex nature omniparentis angustat. Secundum est, quia inter iocos et falsa gaudia senescitis. Itaque sicut Troianos, qui supremam noctem inter talia transduxerunt, latuit

dum fatalis equus saltu super ardua venit

Pergama et armatum peditem gravis attulit alvo,

sic vos senectutem, que secum armatam et indomitam mortem affert, incustoditi corporis menia transcendentem non sentitis, nisi tum demum quando dimissi per funem hostes

invadunt urbem somno vinoque sepultam.

Non minus enim vos et mole corporum et dulcedine rerum temporalium sepulti estis, quam illos somno vinoque sepelivit Maro. Hinc Satyricus non ineleganter

festinat - ait - decurrere velox

flosculus anguste misereque brevissima vite

portio; dum bibimus, dum serta, unguenta, puellas

poscimus, obrepit non intellecta senectus.

Hanc tu igitur, ut ad propositum redeam, obrepentem et iam foribus insultantem, tentas excludere? Causaris non servatis nature gradibus ante diem festinasse: gratusque tibi est quisquis non senex occurrit, qui te infantulum vidisse testetur; presertim si, more comunis sermonis, id heri aut nudius tertius se se vidisse contendit; neque advertis idem et decrepito cuilibet dici posse. Quis enim non heri, imo vero quis non hodie puer est? Nonagenarios pueros videmus passim de rebus vilissimis altercantes, pueriliaque nunc etiam sectantes studia. Dies nempe fugiunt, corpus defluit, animus non mutatur. Putrescant licet omnia, ad maturitatem suam ille non pervenit, verumque est quod vulgo ferunt, animum unum corpora multa consumere. Pueritia quidem fugit; sed, ut ait Seneca, puerilitas remanet. Et tu, michi crede: non adeo, ut tibi videris forsitan, puer es. Maior pars hominum hanc, quam tu nunc degis, etatem non attingit. Pudeat ergo senem amatorem dici; pudeat esse tam diu vulgi fabula; et, si te nec verum glorie decus allicit nec deterret ignominia, alieno tamen pudori vite tue mutatio succurrat. Est enim fame consulendum proprie, ni fallor, etsi ob aliud nichil, at saltem ut amici liberentur ab infamia mentiendi. Quod, cum omnibus providendum sit, tibi aliquanto diligentius, cui tantus de te loquentium populus absolvendus est;

magnus enim labor est magne custodia fame.

hoc si Scipioni tuo truculentissimum hostem consulentem facis in Africe tue libris, patere nunc ex ore pii patris idem tibi consilium prodesse. Ineptias pueriles abice; adolescentie flammas exstingue; noli semper cogitare quid fueris; quid sis aliquando circumspice. Neu tibi frustra propositum speculum arbitrere. Memento quid in Questionibus naturalibus scriptum est. Ad hoc enim «inventa sunt specula, ut homo ipse se nosceret. Multi ex hoc consecuti sunt primo quidem sui notitiam; deinde etiam consilium aliquod: formosus ut vitaret infamiam; deformis ut sciret virtutibus esse redimendum, quod corpori deesset; iuvenis ut sciret tempus illud esse discendi et virilia aggrediendi; senex ut cum canis indecora deponeret, et de morte aliquid cogitaret».

Fr. Memini semper, ex quo primum legi. Memoratu enim digna res est sanumque consilium.

Aug. Quid vel legisse vel meminisse profuit? Excusabilius erat ignorantie clipeum posse pretendere. Nonne enim pudet hoc scienti canos nil mutationis attulisse?

Fr. Pudet, piget et penitet, sed ultra non valeo. Scis autem quid hic michi solatii est? Quod illa mecum senescit.

Aug. Inhesit, credo, tibi vox Iulie, Cesaris Augusti filie, quam cum genitor argueret quod non gravis sibi conversatio esset ut Livie, illa patris monitus elusit facetissimo responso: «Et hi mecum» inquit «senescent.» Sed queso, nunquid honestius iudicas si, iam senior, anum illam ardeas, quam si adulescentulam amares? Imo vero eo fedius, quo amandi minor est materia. Pudeat ergo, pudeat animum numquam mutari, cum corpus mutetur assidue. Et hoc est quod de pudore dicendum tempus obtulerat. Ceterum quia, ut Ciceroni placet, valde est absonum cum in locum rationis pudor succedit, ab ipso fonte remediorum, idest ab ipsa ratione, auxilium imploremus; idque intenta cogitatio prestabit, quam ex tribus animum ab amore deterrentibus ultimam collocavi. Nunc autem ad illam arcem te vocari noveris, in qua sola tutus esse potes ab incursibus passionum, et per quam homo diceris. Cogita igitur in primis animi nobilitatem, que tanta est ut, si de ea velim disserere, liber michi integer retexendus sit. Cogita fragilitatem simul ac feditatem corporum, de qua non minus copiosa materia est. Cogita brevitatem vite, de qua magnorum hominum libri extant. Cogita fugam temporis, quam nemo est qui verbis equare possit. Cogita mortem certissimam, atque horam mortis ambiguam, omni tempore, omnibus locis impendentem. Cogita in hoc uno falli homines, quod differendum putant quod differri non potest. Nemo enim tam sui ipsius immemor est, quin interrogatus se quandoque moriturum esse respondeat. Itaque ne te spes vite longioris ludat obsecro, que innumerabiles circumvenit; quin potius, velut ex celesta quodam oraculo prolatum,

83

carmen amplectere:

omnem crede diem tibi diluxisse supremum.

Quid enim? Aut supremus est, aut profecto supremo proximus, omnis qui mortalibus illuxit dies. Ad hec et illud cogita, quam turpe sit digito monstrari, et in vulgi fabulam esse conversum; cogita quam professio tua discordet a moribus: cogita quantum illa tibi nocuerit animo, corpori, fortune; cogita quam multa propter illam nulla utilitate perpessus es. Cogita quotiens elusus, quotiens contemptus, quotiens neglectus sis. Cogita quot blanditias in ventum effuderis, quot lamenta, quot lacrimas. Cogita illius inter hec altum sepe ingratumque supercilium, et siquid humanius, quam id breve auraque estiva mobilius! Cogita quantum tu fame illius addideris, quantum vite tue illa subtraxerit; quantum ve tu de illius nomine solicitus, quantum illa de statu tuo semper negligens fuerit. Cogita quantum per illam ab amore Dei elongatus in quantas miserias corruisti, quas sciens sileo, ne audiar a quoquam, siquis forte aurem in hos sermones nostros intulerit. Cogita quam multe occupationes te undique circumstent, quibus et utilius et honestius incumberes. Cogita quam multa inter manus tuas inexpleta sint opera, quibus ius suum reddere multo equius foret, nec tam iniquis portionibus hoc brevis punctum temporis partiri. Postremo cogita quid id est, quod tam ardenter expetis. Verum hoc acriter viriliterque cogitandum est, ne fugiendo forsitan arctius illigeris, quod multis sepe contigit, dum exterioris forme dulcedo per angustas nescio quas rimulas subit et malum remediis alitur. Pauci enim sunt qui, ex quo semel virus illud illecebrose voluptatis imbiberint, feminei corporis feditatem, de qua loquor, sat viriliter, ne dicam satis constanter, examinent. Facile relabuntur animi et urgente natura in eam potissimum partem recidunt, in quam diutissime pependerunt. Id ne accidat summo studio providendum est: pelle omnem preteritarum memoriam curarum; omnem cogitatum, qui transacti temporis admonet, excute et, ut aiunt, ad petram parvulos tuos allide ne, si creverint, ipsi te ceno subruant. Inter hec celum devotis orationibus pulsandum; aures Regis etherei piis precibus fatigande. Nulla dies nulla nox sine lacrimosis obsecrationibus transigenda est, si forte miseratus Omnipotens finem laboribus tantis imponeret. Hec agenda tibi cavendaque sunt; que diligentius observanti aderit divinum auxilium, ut spero, et invicti Liberatoris dextra succurret. Sed quoniam, tametsi pro necessitate tua pauca quidem, pro brevitate autem temporis satis multa de uno morbo dicta sunt, ad alia transeamus. Restat ultimum malum quod in te curare nunc aggrediar.

Fr. Age, pater mitissime, nam reliquis etsi nondum plene liberatum, magna tamen ex parte me levatum sentio.

Aug. Gloriam hominum et immortalitatem nominis plus debito cupis.

Fr. Fateor plane, neque hunc appetitum ullis remediis frenare queo.

Aug. At valde metuendum est, ne optata nimium hec inanis immortalitas vere immortalitatis iter obstruxerit.

Fr. Timeo equidem hoc unum inter cetera; sed quibus artibus tutus sim a te potissimum expecto, a quo maiorum michi morborum remedia suppeditata sunt.

Aug. Nullum profecto maiorem tibi morbum inesse noveris, etsi quidam forte fediores sunt. Verum quid esse gloriam reris quam tantopere expetis? Edixere.

Fr. Nescio an diffinitionem exigas. At ea cui notior est quam tibi?

Aug. Tibi vero nomen glorie notum, res ipsa, ut ex actibus colligitur, esse videtur incognita; nunquam enim tam ardenter, si nosses, optares. Certe, sive «illustrem et pervagatam vel in suos cives vel in patriam vel in omne genus hominum meritorum famam» quod uno in loco M. Tullio visum est; sive «frequentem de aliquo famam cum laude» quod alio loco ait idem; utrobique gloriam famam esse reperies. Scis autem quid sit fama?

Fr. Non occurrit id quidem ad presens et ignota in medium proferre metuo. Ideoque, quod esse verius opinor, siluisse maluerim.

Aug. Prudenter hoc unum et modeste. Nam in omni sermone, gravi presertim et ambiguo, non tam quid dicatur, quam quid non dicatur attendendum est. Neque enim par ex bene dictis laus et ex male dictis reprehensio est. Scito igitur famam nichil esse aliud quam sermonem de aliquo vulgatum ac sparsum per ora multorum.

Fr. Laudo seu diffinitionem, seu descriptionem dici mavis.

Aug. Est igitur flatus quidam atque aura volubilis et, quod egrius feras, flatus est hominum plurimorum. Scio cui loquor; nulli usquam odiosiores esse vulgi mores ac gesta perpendi. Vide nunc quanta iudiciorum perversitas: quorum enim facta condemnas, eorum sermunculis delectaris. Atque utinam delectareris duntaxat, nec in eis tue felicitatis apicem collocasses! Quo enim spectat labor iste perpetuus continueque vigilie ac vehemens impetus studiorum? Respondebis forsitan, ut vite tue profutura condiscas. At vero iam pridem vite simul et morti necessaria didicisti. Erat igitur potius quemadmodum in actum illa produceres experiendo tentandum, quam in laboriosa cognitione procedendum, ubi novi semper recessus et inaccesse latebre et inquisitionum nullus est terminus. Adde quod in his, que populo placerent, studiosius elaborasti, his ipsis placere satagens, qui tibi pre omnibus displicebant; hinc poematum, illinc historiarum, denique omnis eloquentie flosculos carpens, quibus aures audientium demulceres.

Fr. Parce, queso, hoc tacitus audire non possum. Nunquam, ex quo pueritiam excessi, scientiarum flosculis delectatus sum; multa enim adversus literarum laceratores, eleganter a Cicerone dicta notavi, et a Seneca illud in primis: «Viro captare flosculos turpe est, et notissimis se fulcire vocibus ac memoria stare.»

Aug. Nec ego, dum hec dico, vel ignaviam tibi vel memorie angustias obicio; sed quod ex his, que legeras, floridiora in sodalium delitias reservasti, et velut ex ingenti acervo in usus amicorum elegantiora consignasti, quod totum inanis glorie lenocinium est. Et tandem quotidiana occupatione non contentus, que magna licet temporis impensa nonnisi presentis evi famam promittebat, cogitationesque tuas in longinqua transmittens, famam inter posteros concupisti. Ideoque manum ad maiora iam porrigens, librum historiarum a rege Romulo in Titum Cesarem, opus immensum temporisque et laboris capacissimum, aggressus es. Eoque nondum ad exitum perducto (tantis glorie stimulis urgebaris!) ad Africam poetico quodam navigio transivisti; et nunc in prefatos Africe libros sic diligenter incumbis, ut alios non relinquas. Ita totam vitam his duabus curis, ut intercurrentes alias innumeras sileam, prodigus preciosissime irreparabilisque rei, tribuis, deque aliis scribens, tui ipsius oblivisceris. Et quid scis an, utroque inexpleto opere, mors calamum fatigatum e manibus rapiat, atque ita, dum immodice gloriam petens gemino calle festinas, neutro pervenias ad optatum?

Fr. Timui hoc, fateor, interdum. Gravi enim morbo correptus viciniam mortis expavi, nichil in eo statu sentiens molestius quam quod Africam ipsam semiexplicitam linquebam. Itaque, alienam dedignatus limam, ignibus eam propriis manibus mandare decreveram, nulli amicorum satis fidens, qui post emissum spiritum id michi prestaret; proptereaquod Virgilium nostrum ab imperatore Cesare Augusto hac in re sola non exauditum esse memineram. Quid te moror? Parum affuit quin Africa preter vicini solis ardores, quibus eternum subiacet, ac preter romanorum faces, quibus ter olim longe lateque perusta est, meis etiam flammis arderet. Sed de hoc alias. Est enim amara recordatio.

Aug. Adiuvas sententiam meam narratione hac. Dilata parumper solutionis dies, sed non cassa ratio est. Quid autem stultius quam in rem exitus incerti tantos labores effundere? Scio tamen quid tibi, ne ceptum destituas, blanditur: spes una peragendi, quam quoniam facile, nisi fallor, extenuare non possum, verbis eam amplificare tentabo, ut eam vel sic longe imparem tantis laboribus tuis ostendam. Finge igitur esse tibi et temporis et otii et tranquillitatis abunde; evanescat omnis torpor ingenii, omnis corporis languor; cessent fortune impedimenta omnia, que, interrupto seribendi impetu, sepe properantem calamum adverterunt. Felicius tibi et supra votum cunta perveniant. Quid tamen tam grande facturum esse te iudicas?

Fr. Preclarum nempe rarumque opus et egregium.

Aug. Nolo nimis obluctari: preclarum opus, concedatur; at quanto preclarioris impedimentum si cognosceres, quod cupis horreres. Hoc enim dicere ausim: vel in primis animum tuum ab omnibus melioribus curis abstrahit. Adde quod hoc ipsum preclarum neque late patet, nec in longum porrigitur, locorumque ac temporum angustiis coartatur.

Fr. Intelligo istam veterem et tritam iam inter philosophos fabellam: terram omnem punti unius exigui instar esse, annum unum infinitis annorum milibus constare; famam vero hominum nec punctum implere nec annum, ceteraque huius generis, quibus ab amore glorie animos dehortantur. Sed, queso, siquid habes validius profer. Hec enim relatu magis speciosa quam efficacia sum expertus. Neque enim deus fieri cogito, qui vel eternitatem habeam vel celum terrasque complectar. Humana michi satis est gloria; ad illam suspiro, et mortalis nonnisi mortalia concupisco.

Aug. O te, si vera memoras, infelicem! si non cupis immortalia, si eterna non respicis, totus es terreus. Actum est de rebus tuis; spei nichil est reliquum.

Fr. Avertat Deus hanc insaniam! Semper eternitatis me amore conflagrasse testis est michi curarum mearum mens conscia. Sed hoc dixi vel, si forsitan lapsus sum, hoc dicere volebam: mortalibus utor pro mortalibus, nec immodico vastoque desiderio nature rerum vim afferre molior. Itaque gloriam humanam sic expeto, ut sciam et me et illam esse mortales.

Aug. Ut hoc prudenter, sic illud insulsissime, quod propter auram inanem eamque, ut ipse asseris, perituram semper mansura destituis.

Fr. Haud equidem destituo; sed fortassis differo.

Aug. At quam periculosa dilatio est, in tanta dubii celeritate temporis, tantaque vite fuga! Ad hoc enim velim michi respondeas: si ab Eo forte, qui solus vite mortisque metam statuit, unus duntaxat prefixus hodie foret annus integer vivendi, idque tibi sine ulla dubitatione constaret, qualis esse inciperes huius annui temporis dispensator?

Fr. Equidem parcissimus ac diligentissimus summoque studio providerem, nequid nisi seriis impenderetur, vixque aliquem tam vesanum insolentemque reor, qui non idem responsurus sit.

Aug. Responsum probo, sed stuporem, quem michi furor hominum parit in hac re, non modo meus sed nec omnium, qui unquam eloquentie studuerunt, stilus explicet: omnium licet in hoc unum ingenia laboresque convenient, citra verum facundia fessa subsistet.

Fr. Que tante admirationis causa est?

Aug. Quia rerum certarum avarissimi estis, incertarum prodigi; cuius contrarium, nisi prorsus insaniretis, esse debuerat. Profecto enim anni spatium, etsi brevissimum sit, ab Eo tamen, qui nec fallit nec fallitur, promissum et in partes distributum, licentius spargi poterat, extremis particulis ad salutis consilia reservatis. Illa omnium execrabilis et horrenda dementia est, quod nescitis utrum supremis necessitatibus suffecturum sit, in ridiculas vanitates, ceu superabundet, effundere. Qui annum habet ad vivendum, certum quiddam habet ille, scilicet modicum; qui vero sub ambiguo mortis imperio est, sub quo quidem omnes degitis mortales, nec anni, nec lucis, denique nec hore integre certus est. Annum victuro, sex licet mensibus amissis, adhuc semestre superest spatium; tibi vero, si hic perditur dies, quis sponsor est crastini? Verba sunt Ciceronis: «moriendum esse certum est et hoc ipsum incertum an hac eadem die», nec est aliquis adeo iuvenis «cui compertum sit se usque ad vesperam esse venturum». Quero igitur ex te, quero itidem ex cuntis mortalibus, qui venturis inhiantes presentia non curatis: quis scit

Fr. Nullus profecto, ut pro me ipse, et pro cuntis respondeam; sed speramus annum saltem, quem nemo tam senex est ut non superesse sibi speret, quod Ciceroni placet.

Aug. At, ut eidem videtur, non modo senum se adolescentium quoque spes stulta est sibi pro certis incerta promittentium. Sed detur (quod omnium impossibile est) et amplum simul et certum vite spatium contigisse; quanta tibi videtur amentia meliores annos atque optimas evi partes, vel in placendo oculis alienis vel in auribus hominum demulcendis expendere; deterrimas autem atque ultimas, pene ad nil utiles, vivendique simul et finem et fastidium allaturas, Deo tibique reservare, ut anime tue libertas extrema omnium cura sit? Certo quamvis in tempore, nonne ordo tibi transversus videtur meliora postponere?

Fr. Est autem aliqua propositi mei ratio. Eam enim, quam hic sperare licet, gloriam hic quoque manenti querendam esse persuadeo ipse michi; illa maiore in celo fruendum erit, quo qui pervenerit, hanc terrenam ne cogitare quidem velit. Itaque istum esse ordinem, ut mortalium rerum inter mortales prima sit cura; transitoriis eterna succedant, quod ex his ad illa sit ordinatissimus progressus. Inde autem regressus ad ista non pateat.

Aug. Stultissime homuncio! Sic igitur quicquid voluptatum celum habet aut tellus et utrobique ad nutum fluentes ac felicissimos tibi fingis eventus. At mille hominum milia spes ista fefellit, innumerabiles animas Orcho demersit; dum enim alterum pedem in terra tenere putant, alterum in celo, neque hic consistere, neque illuc ascendere potuerunt. Itaque miserabiliter lapsi sunt, subitoque illos vel in ipso etatis flore, vel in medio rerum apparatu vegetabilis aura destituit. Et hoc tibi quod tam multis contigit, contingere posse non cogitas? Heu si forte interim, quam Deus prohibeat, ruinam multa moliens patereris, quantus dolor quantusque pudor et quam sera penitentia; quod in diversa distractus evanuisses in singulis!

Fr. Misereatur Altissimus ne ista contingant.

Aug. Misericordia divina liberet, quamvis humanam tamen non excusat insaniam. Nolo autem de misericordia nimium speres. Sicut enim desperantes odit Deus, sic inconsulte sperantes irridet. Illud equidem ex ore tuo auditum esse doleo philosophorum in hac re veterem, ut ais, fabellam posse contemni. Ea ne, queso, fabula est, que geometricis demonstrationibus terre totius designat angustias: artamque licet et longiusculam insulam esse confirmat; an ea que asserit ex omni terra quinque distincta - ita vocant - zonis, maximam illam mediamque solis ardoribus, duas autem dextera levaque importunis frigoribus perpetuaque glacie oppresses habitaculum hominibus non prestare; duas reliquas, inter mediam et extremas, incoli? An ea que bipartite huius habitabilis alteram partem obice magni maris inaccessibilem vobis sub pedibus vestris locat, quam utrum homines teneant scis quanta dissensio inter doctissimos homines olim sit. Ego autem quid sentirem absolvi in libris *De civitate Dei* quos te legisse non dubito. Alteram vero vel totam vobis linquit habitabilem, vel, ut quibusdam placet, in duas partes subdividens, unam usibus vestris attribuit, aliam septentrionalis Occeani reflexibus circumcludit atque aditum interdicit. An ea que hanc ipsam vobis habitabilem, quantulacunque sit, freto paludibusque ac silvosis arenosisque et desertis locis imminuit, peneque ad nichilum redigit hoc telluris exiguum, in quo tantopere superbitis? An ea forte que in hoc ad extremum arctato habitaculi vestri situ, diversos vivendi mores, adversosque religionis ritus, dissonas linguas dissimilesque habitus edocet, atque hoc modo propagandi late nominis preripit facultatem ? Si hec tibi fabulosa sunt, fabulosa quoque sunt omnia que de te michi promiseram. Nulli enim ferme notiora hec rebar esse quam tibi. Nempe, ut omittam et Ciceronis et Maronis disciplinam ceteraque vel philosophica vel poetica, quibus hac de re instructissimus videbaris, sciebam te nuper in *Africa* tua hanc ipsam sententiam preclaris versibus descripsisse, ubi dixisti:

angustis arctatus finibus orbis

insula parva situ est, curvis quam flexibus ambit

Occeanus.

Aliaque deinceps addidisti, que si falsa putabas, miror ut ea per te tam constanter asserta sunt. Quid nunc de fame mortalium brevitate deque temporalibus angustiis loquar, cum scias, quorum vetustissima memoria est, eternitati collata quam brevis quamque recens sit? Non ego te ad opiniones illas veterum revoco, qui crebra terris incendia diluviaque denuntiant, quibus et platonicus *Thimeus* et ciceronianus *Reipublice* sextus liber refertus est. Ea enim, quanquam multis probabilia videantur, vere tamen religioni, cui initiatus es, aliena sunt profecto. At, preter hec, quam multa sunt que diuturnitatem, ne dicam eternitatem, nominis impediunt! Mors in primis hominum illorum, quibuscum vita transacta est; oblivioque, naturale senectutis malum. Semper quoque subcrescens novorum laus hominum, que flore suo nonnichil interdum veteribus titulis derogat, quantumque maiores deprimit tantum ipsa sibi videtur assurgere. Huc accedit invidia, que gloriosa molientes absque intermissione persequitur; accedit odium virtutis et invisa plebibus ingeniosorum vita. Adde iudiciorum vulgarium incostantiam; adde ruinas sepulcrorum, ad que discutienda valent «sterilis mala robora ficus» ut Iuvenalis ait; quam non ineleganter in Africa tua «secundam mortem» vocas. Atque, ut eisdem te hic verbis alloquar, quibus tu illic alium loqui facis:

mox ruet et bustum, titulusque in marmore sectus

occidet: hinc mortem patieris, nate, secundam.

En preclara et immortalis gloria, que saxi unius nutat impulsu! Adde librorum interitum, quibus vel propriis vel alienis manibus vestrum nomen insertum est. Qui licet eo serior videatur, quo vivacior est librorum quam sepulcrorum memoria, tamen inevitabilis casus est, propter innumerabiles pestes nature fortuneque pariter, quibus, ut cetera, sic et libri subiacent; que si cunta cessarent, senium suum suaque illis mortalitas annexa est.

Mortalia namque

esse decet quecunque labor mortalis inani

edidit ingenio,

ut tuis potissimum verbis tuus tam puerilis error convincatur. Quid ergo? adhuc ingerere tibi non desinam versiculos tuos:

libris equidem morientibus ipse

occumbes etiam; sic mors tibi tertia restat.

Habes de gloria iudicium meum, pluribus certe quam vel me vel te decuit verbis explicitum, paucioribus vero quam rei qualitas exigebat; nisi forte nunc etiam fabulosa tibi hec omnia videntur.

Fr. Minime quidem, neque michi more fabularum affecerunt animum, quin imo veteris abiciendi novum desiderium iniecerunt. Quamvis enim ferme omnia iam pridem nota michi forent auditaque sepius, quoniam, ut Terrentius noster ait «nullum est iam dictum quod non sit dictum prius», tamen et verborum dignitas et narrationis series et loquentis autoritas multum valent. Ceterum de hac re sententiam tuam ultimam audire velim: iubeas ne ut, omissis studiis meis omnibus, inglorius degam, an vero medium aliquod tibi sit consilium.

Aug. Ut inglorius degas nunquam consulam, at ne glorie studium virtuti preferas identidem admonebo. Nosti enim gloriam velut umbram quandam esse virtutis; itaque, sicut apud vos impossibile est corpus umbram sole feriente non reddere, sic fieri non potest virtutem, ubilibet radiante Deo, gloriam non parere. Quisquis igitur veram gloriam tollit, virtutem ipsam sustulerit necesse est; qua sublata, relinquitur vita hominum nuda et mutis animantibus simillima vocantemque sequi preceps appetitum, qui unus beluis amor est. Hec igitur servanda tibi lex erit. Virtutem cole, gloriam neglige; illam tamen interea, quod de M. Catone legitur, quo minus appetes magis assequeris. Nondum possum michi temperare quominus tecum tuis agam testimoniis:

Nostis ne versiculum? Tuus est. Insanus profecto videatur qui die medio per solis ardorem, ut umbram cerneret ostenderetque aliis, cum labore discurreret; atque nichilo sanior est, qui inter estus vite multo cum labore circumfertur, ut gloriam suam late diffundat. Quid ergo? Eat ille ut terminum teneat; euntem tamen umbra consequitur; agat iste ut virtutem apprehendat, agentem gloria non deserit. Et hec de ea que vere virtutis comes est. Illa vero, que captatur ex aliis sive corporis sive ingenii artibus, quas humana curiositas innumerabiles fecit, nec glorie cognomine digna est. Itaque tu, qui conscribendis libris, etate ista presertim, tantis te laboribus maceras, pace tua dixerim, procul erras; oblitus enim tuarum, alienis rebus totus incumbis. Ita sub inani glorie spe brevissimum hoc vite tempus, te non sentiente, dilabitur.

Fr. Quid faciam ergo? Labores ne meos interruptos deseram? An accelerare consultius est, atque illis, si Deus annuat, summam manum imponere, quibus curis exutus, espeditior ad maiora proficiscar? Tantum enim ac tam sumptuosum opus vix possum equanimiter medio calle deserere.

Aug. Quo pede claudices agnosco. Te ipsum derelinquere mavis, quam libellos tuos. Ego tamen officium meum peragam; quam feliciter, tu videris, at certe fideliter. Abice ingentes historiarum sarcinas: satis romane res geste et suapte fama et aliorum ingeniis illustrate sunt. Dimitte Africam, eamque possessoribus suis linque; nec Scipioni tuo nec tibi gloriam cumulabis; ille altius nequit extolli, tu post eum obliquo calle niteris. His igitur posthabitis, te tandem tibi restitue atque, ut unde movimus revertamur, incipe tecum de morte cogitare, cui sensim et nescius appropinquas. Rescissis velis tenebrisque discussis, in illam oculos fige. Cave ne ulla dies aut nox transeat, que non tibi memoriam supremi temporis ingerat. Quicquid vel oculis vel animo cogitantis occurrit, ad hoc unum refer. Celum terra maria mutantur; quid homo, fragilissimum animal, sperare potest? Vicissitudo temporum suos cursus recursusque peragit, nunquam permanens; tu si permanere posse putas, falleris. At, ut eleganter ait Flaccus:

Quotiens igitur floribus vernis estivam segetem, quotiens estivis solibus autumni temperiem, quotiens autumni vindemiis hibernam subcessisse nivem vides, dic tecum: «Ista pretereunt, sed sepius reversura. Ego autem irrediturus abeo»; quotiens vergente ad occasum sole umbras montium crescere conspicis, dic: «Nunc vita fugiente umbra mortis extenditur; iste tamen sol cras idem aderit; hec autem michi dies irreparabiliter effluxit.» Quis pulcerrima spectacula serene noctis enumeret, que, sicut male agentibus peroportuna sic bene agentibus devotissima pars temporis est; quamobrem non secus quam magister frigie classis, neque enim tutius fretus navigiis, media nocte consurgens

sidera cunta nota tacito labentia celo;

que, dum ad occidentem festinare circumspicis, scito te cum illis impelli nullamque, nisi in Eo, qui non movetur quique occasum nescit, superesse fiduciam subsistendi. Ad hec, dum tibi occurrunt quos modo pueros vidisti, ascendentes etatum gradibus, recordare te interim alio calle descendere eoque celerius quo secundiore natura fit omnis gravium casus. Vetusta cernenti menia succurrat in primis: «Ubi sunt, quorum illa congesserunt manus?» Recentia tuenti: «Ubi mox futuri sunt?» Idemque de arboribus, ex quorum ramis sepe fructum non legit ipse, qui coluit ac plantavit. In multis enim observatum est illud georgicum:

tarda venit seris factura nepotibus umbram.

Fluminaque velocissima miranti (semper ne te ad alienos evocem) versiculus quidam tuus in promptu sit:

flumina nulla quidem cursu leviore fluunt, quam

tempus abit vite.

Nec te fallat dierum pluralitas et etatis operosa distinctio: tota hominum vita, quantum libet extendatur, diei unius instar habet, eiusque vix integri. Crebro ante oculos revoca aristotelicam quandam similitudinem, quam animadverti tibi admodum placere, vixque unquam sine gravi mentis impulsu legi solere vel audiri; quam clariori eloquio et ad persuadendum aptiori in *Tusculano* quidem a Cicerone relatam invenies, aut his verbis aut profecto similibus, neque enim libri nunc illius copia est: «Apud Hypanim» inquit «fluvium, qui ab Europe parte in Pontum influit, bestiolas quasdam nasci scribit Aristotiles, que unum diem vivant; harum que oriente sole moritur, iuvenis moritur; que vero sub meridie, iam etate provectior, at que sole occidente senex abit, eoque magis si solstitiali die. Confer universam etatem nostram cum eternitate, in eadem propemodum brevitate reperiemur ac ille.» Que quidem assertio meo iudicio tam vera est, ut ex ore philosophorum iam pridem in vulgus diffusa sit. Nunquid enim rudes etiam et ignaros homines in quotidiani sermonis usum deduxisse vides, ut puerum aspicientes dicant: «Huic sol oritur», virum autem: «Hic meridiem attigit; hic nonam»; senem vero decrepitum: «Ad vesperam atque ad solis occasum iste pervenit.» Hec igitur, fili carissime, tecum volve et, siqua huius generis occurrunt alia, que multa esse non dubito; sed hec erant que ex tempore se se obtulerunt. Unum preterea obsecro. Sepulcra veterum, sed eorum qui tecum vixere, diligentius contemplare, certus eandem tibi sedem ac perennem aulam fore preparatam.

Tendimus huc omnes. Hec est domus ultima cuntis.

Tu quoque, qui nunc etate florida superbus alios calcas, mox ipse calcaberis. Hec cogita; hec diebus ac noctibus meditare, non solum ut hominem sobrium ac nature sue memorem, sed ut philosophum decet; atque ita teneas intelligi debere, quod scribitur: «Tota philosophorum vita commentatio mortis est.» Ista, inquam, cogitatio docebit te mortalia facta contemnere, aliamque vivendi viam, quam arripias, monstrabit. Interrogabis autem quenam hec via est, seu quibus adeunda tramitibus. Respondebo tibi longis te monitionibus non egere. Audi modo vocantem iugiter hortantemque spiritum et dicentem: «Hac iter est in patriam.» Scis quid ille tibi suggerit, quas vias et que devia, quid sequendum vitandum ve pronuntiet. Illi pare, si salvum te, si liberum esse cupis. Non longis deliberationibus opus est. Factum exigit natura periculi: hostis instat a tergo et in faciem insultat; parietes tremunt in quibus obsessus es. Non est ulterius hesitandum; quid tibi prodest dulciter aliis canere, si te ipse non audis? Finem faciam: effuge scopulos. Eripe te in tutum. Sequere impetum animi, qui eum sit turpis ad reliqua, ad honesto, pulcerrimus est.

Fr. Utinam hec michi ab initio dixisses, priusquam his animum studiis addixissem.

Aug. Dixi equidem sepe; et in ipsis primordiis, ubi te calamum arripuisse vidi, prefatus sum, quod vita brevis et incerta, quod longus et certus labor, quod opus grande, quod fructus exiguus foret. Sed aures tuas ostruxerant populorum voces, quas odisse simul et secutum esse te stupeo. Ceterum, quia satis multa contulimus, queso, siquid ex me gratum accepisti, ne patiaris situ desidiaque marcescere; siquid autem asperius, ne moleste feras.

Fr. Ego vero tibi, tum pro aliis multis, tum pro hoc triduano colloquio magnas gratias ago, quoniam et caligantia lumina detersisti et densam circumfusi erroris nebulam discussisti. Huic autem quas referam grates, que, multiloquio non gravata, usque nos ad exitum expectavit? Que si usquam faciem avertisset, operti tenebris per devia vagaremur, solidumque nichil vel tua contineret oratio, vel intellectus meus exciperet. Nunc vero, quoniam sedes vestra celum est, michi autem terrena nondum finitur habitatio, que quorsum duratura sit nescio et in hoc pendeo anxius, ut vides, obsecro ne me, licet magnis tractibus distantem, deseratis. Sine te enim, pater optime, vita mea inamena, sine hac autem nulla foret.

Aug. Impetratum puta, modo te ipse non deseras; alioquin, iure optimo desereris ab omnibus.

Fr. Adero michi ipse quantum potero, et sparsa anime fragmenta recolligam, moraborque mecum sedulo. Sane nunc, dum loquimur, multa me magnaque, quamvis adhuc mortalia, negotia expectant.

Aug. Maius fortasse vulgo aliquid videatur, at certe utilius nichil est nichilque quod possit fructuosius cogitari. Relique enim cogitationes possunt fuisse supervacue; has autem semper necessarias inevitabilis probat exitus.

Fr. Fateor; neque aliam ob causam propero nunc tam studiosus ad reliqua, nisi ut, illis explicitis, ad hec redeam: non ignarus, ut paulo ante dicebas, multo michi futurum esse securius studium hoc unum sectari et, deviis pretermissis, rectum callem salutis apprehendere. Sed desiderium frenare non valeo.

Aug. In antiquam litem relabimur, voluntatem impotentiam vocas. Sed sic eat, quando aliter esse non potest, supplexque Deum oro ut euntem comitetur, gressusque licet vagos, in tutum iubeat pervenire.

Fr. O utinam id michi contingat, quod precaris; ut et duce Deo integer ex tot anfractibus evadam, et, dum vocantem sequor, non excitem ipse pulverem in oculos meos; subsidantque fluctus animi, sileat mundus et fortuna non obstrepat.

**EXPLICIT LIBER III DOMINI FRANCISCI PETRARCHE DE SECRETO CONFLICTU
CURARUM SUARUM.**